旅伴文库·散文精品城际阅读

聂震宁 / 总主编
王剑冰 / 主编

万物与我

王可越 —— 著

漓江出版社
·桂林·

图书在版编目 (CIP) 数据

万物与我 / 王可越著 . -- 桂林 : 漓江出版社,
2022.4
ISBN 978-7-5407-9149-0

Ⅰ . ①万… Ⅱ . ①王… Ⅲ . ①中国文学 – 当代文学 –
作品综合集 Ⅳ . ① I217.2

中国版本图书馆 CIP 数据核字（2021）第 203119 号

WANWU YU WO
万物与我
王可越　著

出版人：刘迪才
丛书策划：张谦
责任编辑：辛丽芳
书籍设计：石绍康
责任监印：张璐

出版发行：漓江出版社有限公司
社址：广西桂林市南环路 22 号　邮编：541002
发行电话：010-65699511　0773-2583322
传真：010-85891290　0773-2582200
邮购热线：0773-2582200
电子信箱：ljcbs@163.com
微信公众号：lijiangpress
印制：三河市中晟雅豪印务有限公司
　　［河北省三河市泃阳镇错桥村　邮编：065299］
开本：880 mm × 1230 mm　1/32
印张：9.75　字数：115 千字　插页：16
版次：2022 年 4 月第 1 版　印次：2022 年 4 月第 1 次印刷
书号：ISBN 978-7-5407-9149-0
定价：46.00 元

目录

Contents

第二辑　落花与雪花

第三辑　镜中的面孔

第四辑　在夜里摸到白色

第五辑　狮子与蚊子

第七辑　有人笑，有人哭

第八辑　在宇宙中自由飘荡

总 序

聂震宁

“旅伴文库”乃应时而生的出版项目。当今之世，既是提倡全民阅读之时，又是全民旅行已成热潮之际，正应了古人“读万卷书，行万里路”的人生信条。究其实，现代交通工具大大方便了百姓的出行，旅行几乎成了普通民众的一种生活常态，“行万里路”已成简单的事情；而全民阅读则还在国家、社会的提倡中，普通人真正要“读万卷书”，似乎还比较困难。然而，唯其难，故而需要多方设法推动，长期用心提倡。漓江出版社策划设计这一文库，既顺应了现代人出行的需要，更是为全民阅读助力，颇具趁旅行热潮助推全民阅读，借全民阅读提升旅行质量的匠心。

相比较已经形成热潮的旅行，全民阅读似乎还不够热。尽管国家为倡导全民阅读加大力度，各级政府为开展全民阅读提供政策支持，每年“世界读书日”各地开展活动有声有色，“书香中国”活动在全国范围风生水起，家庭阅读、校园阅读、社区阅读、机关阅读渐次开展，有识之士一直在呼吁让阅读成为一种生活方式，然而，平心而论，许多主要是在外力推动下开展起来的阅读，距离“让阅读成为一种生活方式”愿望的实现，还有长路要走。

如何才能让这一愿望成为现实呢？我们以为，让阅读与日常生活相伴或许是努力的主要途径。全民旅行热潮形成，旅行已经成为普通百姓的一种生活方式，提倡在旅途中阅读也就是比较自然的事情。国际上曾有过“中国人不爱读书”的负面评价，评价者所举证的，正是旅行途中许多发达国家人士在读书，而许多中国人并不读书，颇使得极具荣誉感和自尊心的许多国人心中不爽。

其实，要改变这一国际负面印象并不困难，最直接的办法就是让更多国人在旅行途中读起书来。当然，在旅行途中读书并非为了做样子给国际人士观赏，挣回一点面子，而是全民阅读之树必然开出的日常生活之花。“旅伴文库”正是为了催生这美丽的花朵而做出的努力。“旅伴文库”的出版宗旨“人生漫旅，好书伴你”，就是出版人真诚而温馨的承诺。

事实上，开展在旅行途中的阅读，对于提高我国旅游事业的质量也是大有裨益的。对于国人的旅行，一直都有某些负面的评价，认为其盲目、简单、粗糙，缺少文化内涵和审美情趣，还有就是不读书。这些负面评价已经成为国民素质不高的重要证据。知书达理或知书达礼，不爱读书的民族谈何文化内涵和审美情趣！于是，近些年来，就有许多关于改善旅行生活、提高旅行质量的意见提出，其中有一条意见颇具感染力，那就是“带一本书去旅行”。

“带一本书去旅行”，其直接的用意是让人们在旅行途中闲暇时刻不至于无所事事。古人主张“第一等好事还是读书”，那么，人在无所事事时，第一等好事更应当是读书了。人在旅途中，休闲时也要保持着优雅的生活姿态，而阅读正是一个人最优雅的生活姿态。旅行是一个发现美、欣赏美的过程。“带一本书去旅行”，既可以读书明理，也可以直接帮助我们丰富旅行知识，探寻美的存在，增加旅行的深度和厚度。旅行即意味着暂时摆脱日常世俗生活的纷扰，暂时忘却生活中某些庸俗无聊的烦恼，所谓“偷得浮生半日闲”，让身心得到休养，那么，“带一本书去旅行”，可以借一本好书帮助我们超凡脱俗，让一本好书高雅的气质陪伴我们的灵魂，让一次次旅行成为与一本本好书相伴随的精神之旅。

应时而生的“旅伴文库”，其用意就是倡导“带一本书去旅行”，让精品图书成为旅行者的精神伴侣。在全民旅行热潮扑面而来的同时，也要让全民阅读热潮相伴而去，让“读万卷书，行万里路”的理想成为现实。

为了旅途阅读而设计的“旅伴文库”，自然要更多顾及旅行阅读的特点。旅行阅读当然是各有所好，可专门为旅行者出版的图书，则要更多体现旅行者阅读的便捷、休闲、审美、精粹等需求的特点。“旅伴文库”的各个子系列设计得很具匠心。其中，“散文精品城际阅读”系列，一辑只选七位作家，颇有“七剑下天山”的气概；每人每本不过十来万字，极大突出了精选的精神，再配上雅致便携小开本软精装，精编精印，想必能吸引读者眼球而令人求得一睹为快。“漓江的书，买了再说”，是20多年前本人在漓江出版社社长任上为该社拟定的广告语，出版人的自信自许，竟然在这个系列的设计中重新得以体会。

“旅伴文库·散文精品城际阅读”第一辑已经面世。入选的七人七种散文集，有刘亮程的《半路上的库车》、朱秀海的《一个人的车站》、王剑冰的《水墨周庄》、徐则臣的《去额尔古纳的几种方式》、陈彤的《玻璃栈道》、阿德的《北行记》和董谦的《种稻记》等。入选的每一位作家都以实力呈现，努力奉献自己卓具新意的作品集。

在邀约散文名家加盟过程中，编选者主张作品质量优先，新人新作质量必须上乘，而名作家则必须以力作加盟。第一辑的七人七书，完全可以称得上是精选精编而成，阵容齐整，一经面世，便引得许多读者兴趣满满，更使得出版社信心满满。于是，时隔不久，又有了第二辑的编选出版。

该系列第二辑的七人七书，出版社一如既往地精选精编。入选者有彭程、乔叶、陆春祥、顾建平、谷禾、陈世旭和王可越，阵容不凡，与第一辑水准相当。主张“真实是散文最基本的遵循”的彭程，他的《头脑中的旅行》一书收入了《自由在呼唤——从陶渊明到袁中郎》《漂泊的屋顶》《在母语的屋檐下》等9篇颇具思辨深度、文笔精准的佳作。被论者赞誉为“清新、隽永，如同她的人……让爱和温暖静静地流淌”的乔叶，她的《一杯白茶》一书收入了《卖麻辣串的女人》《薄荷一样美好的事》《跳面之跳》等25篇清新隽永的佳作。被论者指为“透着十足的智慧和无限趣味”的陆春祥，他的《霓裳的种子》一书收入了《〈霓裳〉的种子》《杂草的故事》《泥土去哪儿了？》等 11 篇既慎思明辨又智慧幽默的佳作。我的北大校友顾建平，他认为“散文是一种自由而真诚的文体”，其《冬天我到南方》一书收入了《冬天我到南方》《惠州秀才苏东坡》《几人曾见水流西？》等 16 篇自由而真诚的佳作。早些年被朋友指为“即便生活在北京，他选择的是生机盎然的通州”的谷禾，既是诗人也是散文家，他的《黑棉花，白棉花》一书收入了《一个人的河流》《等待戈多，等待贝克特》等 32 篇颇具乡土气息和文化意味的佳作。成名于 20 世纪 80 年代的著名作家陈世旭，他那部获得全国优秀短篇小说奖的杰作《小镇上的将军》让我们至今难以忘怀，他一直主张“讲普通人生活的故事”，他的《俗可以，别太俗》一书收入了《不与狗争道》《坏人的面相》《最好的风水》等 43 篇看似普通却一点也不普通的佳作。大学教授王可越博士，一位设计思维创新的资深导师，散文随笔不过是他思维创新中的灵感闪现，他的《万物与我》一书收入了 200 多个超短篇作品，内容涉及经验、对话、回忆、观看、幻想、梦境、道听途说，有诗有文，亦可当寓言、小小说来读，尤其适合旅行者在旅途中阅读，多得解颐之娱。

“旅伴文库·散文精品城际阅读”两辑共14种书出版，渐成大的格局和不凡气象，相信这不仅会成为散文界、出版界各位同好的共识，也会成为众多文学读者的真切感受。更重要的是，众多旅行者决心“带一本书去旅行”时，有这些可爱而精致、精美的口袋书可供选择，可以从中找到温情相伴的旅途伴侣，成为一次快乐旅行的美好开始，自然是一件令人愉悦的事情了。

2017年9月第一稿

2020年6月第二稿

聂震宁，第十、十一、十二届全国政协委员，中国作协全国委员会名誉委员，中国韬奋基金会理事长，中国出版协会副理事长，“旅伴文库”总主编。

万物为我赋形，

万物写下我的笔记。

我遇见万物，

万物也是我的笔记。

——题记

第一辑　逆行的旅人

爬上石头一探究竟

夏天，我曾游览郊区的一座山。

上山时，一股冰冷之气忽然迎面而来，仿佛冷藏室大门洞开。四下寻觅，周围的草木亦无二致，而只要向上或向下踏出一步，冷气转瞬消失，盛夏的热浪再次袭来。

经过的人，都被这无始无终的冰冷所吸引。

有人试图爬上石头，到草木背后一探究竟。

蜜蜂迷失在夜里，直至死亡

我去过山顶的气象站。

气象站的女人告诉我，北美的蜜蜂已经减少了百分之三十。

人类使用手机影响了蜜蜂翅膀的振动频率，导致大量蜜蜂飞至远方，无家可归。

天色已晚。

我下山时想着，很多蜜蜂怎样迷失在夜里，直至死亡。

敬亭山的倒塌

敬亭山果然被我找到了，在胡同口的麻辣香锅店里。

每个瓷盆子上都印着一句绝唱：“相看两不厌，只有敬亭山。”

一座座敬亭山如此耸立着，山是油汪汪的红色。

我的筷子伸过去，山就塌了。

门口的冬树枝头，来了一阵老鸹叫。

我对她点点头，我们就开始吃了。

一块云朵在生长

我曾到成都老城区，寻找庙后面的老房子。

传说中那些房子很美，也很有人气。

不过，我看到的只是一片废墟，仿佛红砖与瓦片组成的水塘。

废墟之上，一个人正在全神贯注地弹棉花。

动作从容不迫，瑟声清脆而悠扬。

他手下洁白的棉花，仿佛一块云朵在生长。

我曾爬上青城山

我爬上青城后山。道观中金色的老子骑着金色的牛。

雾气已经将我浸透，由于走得太猛，我累得有些神志不清。

我踏进道观求签。

摇一摇，再摇一摇，整筒的签了哗啦啦散了一地。

我的手机被汗水泡得失了灵，同伴不知所终，登阁远望，雾气缭绕，什么也看不见了。

等待时机到来

我在汉阳的归元寺数过罗汉，数到第 126 尊，名为“休息尊者”。

签上诗云：大事难事看担当，逆境顺境看襟度，待到隆冬大雪后，枝头梅花暗香生。

休息是我今年的本命。大概意思是：要以逸待劳，等待时机到来。

2020 年春天过后，我惦记着何时再去访问归元寺。我要问一问罗汉们，几个月以来到底发生了什么。

中央公园

我坐在阳光下的长椅上，掏出旅馆早餐发的青苹果。

孩子们在游乐场里欢闹，少女趴在草坡上阅读，青年又跑完一圈。

我记得大都会博物馆里正展出数不尽的精美艺术品，不朽的展品让我紧张。

还好，我咬开的青苹果是酸的。

我赞美酸的、带伤疤的苹果。如果愿意，我的舌头下还可以生出一片青色的麦田。

绵延之旅

佛罗伦萨之夜，我喝多了酒，在昏黄小巷子里的石板路上穿行。从这一处晃到了另一处，眼前明明暗暗。我记得在桥上听过艺人弹琴，一曲又一曲。然后接着走，尖顶的房子，惊悚的脸，都揉成一团。

此夜的绵延感受，仿佛梦中游。梦游的头和尾都在黑暗中沉没。段落不确切，细节亦缺失。在漫游之中，我访问了古代，又回到当代的夜晚。

垃圾遗迹

我去过海淀的垃圾填埋场。剩饭、果实、衣服、书本、石灰、家具、金属……城市生活的一切剩余，都被混在一起，批量压缩成一米见方的垃圾块。再由推土机和压实机协同作业，将一个个垃圾块填埋在无法计量的大坑中。

垃圾发酵产生无比浓郁的沼气。我站在坑边，强大的恶心感与眩晕感持续袭来。臭味渗入食管、肺片和胃，进入细胞血液，这是工人们说的，臭味无法洗刷，你就得习惯它。工人们甚至摘掉了防毒面具，因为戴着面具干活，呼吸太费劲。

垃圾场场长介绍：眼前巨大的垃圾坑——地下二十四米，地上二十六米，压上土，会在土堆上种各种植被……若干年后，垃圾山终将变成一座美丽的山丘公园。

我站在坑前，设想了未来之山。一座山的愿景让我想起秦始皇陵。盖在秦始皇陵上也有一座小山。我爬上过陵墓的后山，栽满了石榴树，山顶立了一个象征性的亭子。

黑暗中的礁石和墓碑

登上小岛，我入住一家小客栈。老板是个南方中年人，两位女服务员神情疲倦。老板和两个姑娘没事儿可干，就跟我一起爬山、赶海。

入夜之后，全岛一片漆黑。在大海边站立，我想到黑暗中的礁石，可我并不确定黑暗中有什么。

月亮出来了。我身边的石头山布满墓碑。礁石和海浪，也在皎洁之光中全然显形。

后来我听说某年某月这座岛被炸掉，原址改成大型出海港口。

我想起消失的小岛，黑暗中的礁石和墓碑。温柔的白月光，仍照在被海水吞没了的礁石与墓碑之上。

大蟒归海而去

我过镇江金山，寺中鹅黄色月亮门上写四大字——性空世界。一老太太站在世界门旁，吭哧吭哧，大嚼一只红苹果。

我正寻思着在这性空的世界找出口，却在后山见了一间白龙洞。洞口碑上刻着《高僧传》记载的旧事："洞内原有白蟒，吐毒气如烟蕴，人过则亡。唐高僧灵坦入洞参禅，大蟒归海而去。"

红色大字又提示了：白龙洞直通杭州西湖。

我决心亲自一试究竟，闭眼踏出一步，果然灵验。

我曾爬过一座沙丘

我曾爬上一座沙丘，我要到山顶的茅草亭去。

赤足陷在沙中，全身力气都融化在流沙的旋涡中，步步瓦解。我停下来休息，沙子滚烫如热锅。脚下着火一般；若乱跑一阵，也逃不出热沙的地盘。

后来我登顶沙丘，望见一副苍凉景色。心中疑惑着因何而来，一路辛苦至此。

却见枯草破亭上题了诗：

沙上见日出，沙上见日没。

悔向万里来，功名是何物。

从冬夜升起

我曾在一座大院中散步，深夜里一切不可见。我只踏着眼前的枯草，疾步向前。

月升之时，院中的一片大湖在眼前显现。

湖上结冰，银盘一般耀眼。对岸立着驾马车的阿波罗石膏像。

白天看起来可笑的仿造阿波罗神，此刻如此崇高地从冬夜的白冰上升起。

悬崖边的竖琴演奏者

我曾去爱尔兰的一座悬崖。在路边见到正在演奏竖琴的女人，正襟危坐。阴郁的天空下，竖琴微弱的乐音，仿佛反复冲刷手指的溪流之水。

我往悬崖的纵深走。悬崖步道，没有设置任何防护。只是在入口处，写了告示：如果你想不开，可以打电话求助。

在悬崖上走，风大到可以把人吹入海中。漫步荒草之上，往尽头走去。除了风，听不见其他任何声音。

当我回去，演奏竖琴的女人已经不见了。

草木腐朽之味

我去过一座无名山，皮肤被阳光灼烧，黑里透红。

几日后胳膊上脱皮痕迹，让我怀念山中的日子。

荒野中裸露的石头，都躺在干净的太阳底下。

我保留了被阳光净化的幻觉。

我的烧伤，蜕皮了，散发草木腐朽之味。

浮生若梦

我曾在湖上游船，远望见戏台上影影绰绰唱戏的人。

湖中倒映分了五彩，随着胡琴的乐音漂荡。

过不多时，人和戏都散了。

湖水倒映的彩只剩下一片白，仍然空空地荡着。

翠湖如此寒冷

我曾在翠湖度过寒冷的一天。

翠湖岸上销售各种食品：土豆以及甘草泡的果子，鲜花饼以及牛轧糖。

一个朋友曾告诉我，若干年前，三人绕湖走。走着走着，她找不到另外两位的踪影。

翠湖上笼罩着一层密集的翠绿色水生植物，想必十分危险。

这朋友告诉我：那天一起绕湖的两个人一起抛弃了她。

这翠湖如此寒冷，难怪留不下什么热烈的情感。

闪耀的蓝色是我活着的证明

我去过泸沽湖。前一天吃坏了肚子，我上吐下泻。

我站在泸沽湖的观景台上，凝视静水上氤氲的蓝色。

若不是前一夜吃坏肚子，我从地狱的大坑里爬出来，如今面对泸沽湖的蓝色，我不会感受到幸福吧。

我活着，闪耀的蓝色是我活着的证明。

想象的舌头

我去吐鲁番博物馆看过两具干尸，他们眼珠明亮，毫无愁苦。

那戈壁上寸草不生。愁苦之类湿润的内容，都被太阳晒干。

保持湿润的，唯有想象中的舌头——

高僧鸠摩罗什躺在地下。

鸠摩罗什吐字如兰，据说他的舌头是湿润的，持续诉说一个真理。

抚摸见血封喉

在南宁爬山，我见过一棵名叫“见血封喉”的大树。

“树汁有毒，若误入眼中，会引起双目失明。”看到此树名牌上如此介绍，我眨眼几次。

“若由伤口进入体内，则导致心脏麻痹，血管封闭，血液凝固，30 分钟内死亡。”我凑过去，谨慎抚摸濒临灭绝的树。

树叶残留的雨水落下来，滴在手背，令我心头一冷。我的血管正在封闭，一次死亡由内至外发生了。

石头山上行

我去爬日坛湖边的石头山。人们用涂改液、墨水笔、油漆，歪七扭八，在山上留下了痕迹。红字写了爱的词语，成双成对的姓名；白色写了暗恋者的表白。有约定，也有等待；有发泄的骂人话，也有诅咒的脏话。有的字用漆涂掉，大概伤心人特意删除。若仔细寻找，还能发现一些二三十年前的字，还完好无缺地保存着。

无论冬春，这山上的人，都各自占据着一个角落。山头站着一位喝可乐的女人，她的亲人，则站在另一个角落里看着她。

在荒凉的石头山上行走，大多数人都沉默着。我也度过了一个沉默的下午。

白滨的海今日依旧汹涌

我去白滨三段壁悬崖，寻一块有字的石头，石头上刻了自杀女人留下的遗言：“白滨的海今日依旧汹涌。”

这一句原本是用口红写下的，后来被死者的朋友刻在石头上。为了找这块石头，我翻越护栏。石头并不在那儿。在悬崖边站立，我感到阵阵眩晕。激荡的白色泡沫，涌动，碰撞，退却，循环往复。风，吹得我心中迷离。白浪厚重且缓慢，碰击峭壁，卷起千层雪。峭壁边的海面，如同一块大理石上的纹理在运动。

岸边平缓的岩石上长出青苔。红花依旧开放。蓝灰色的云团下，波涛汹涌。我听见，人们说着浪漫的语言。温泉和啤酒，书里的比喻，还有这些事情，让我对人间眷恋。

光芒重现了夺目的白

我在河边见过一块大白石头，一半儿湿润，一半儿灼热。

这白石是栖息在河流中央的巨兽。

蝴蝶、苍蝇，俯身于兽的白脊背上，舔舐昨日的伤口和记忆。

簇拥的水泡儿，呢喃着顺流而下，在巨兽的额头上留下无心之吻。

枝叶与花朵，尸体与泥沙，水流将一切旋转的过客，献祭于无名的旋涡。

游云乘风而来，巨兽上升起蓝色的影子。风再起时，午后的光芒重现了夺目的白。

我的藐姑射山

我去散步，总踏枯草，爬小土坡，望远处的亭子。被雪覆盖的堆石，我凑过去看，将它当成一座通体雪白的大山。

石头洞口被积雪遮盖一半，更显幽深。洞边长出一棵小松树，有仙风鹤骨的意境。若不下雪，这山和树没型没款，全是半死不活的埋汰样子。降雪后，反而成了冰清玉洁的象征。

夜幕降临，山峰月下闪光。我不用花费心思引用诗文赞美它，这就是我的藐姑射山。

我沉入水中

我沉入水中。冷水灌入口腔，左侧牙齿微微酸痛。一片混浊的蓝覆盖了世界，嘈杂之声含混而遥远，世界的其余部分终止了运转，仅剩水池底部排列整齐的白色马赛克。

我用力将水流划向身后，用最大的力气，也无法破坏水的任何部分。我割裂了水，水又会马上愈合，不动声色地吞噬我的能量。

我被水的能量含在其中，双脚努力踩下去，踏在虚空之中。我出几口气，我心里的东西随着泡沫在水中释放掉了。

我闭着眼，奋力潜游。等我重返水面，睁眼换气，我忘了此地是何方，何年或何月。

在开始与到达之间

又一次，我置身开始与到达之间。

我在火车上，看见窗外的树木、河流；我在飞机上，穿透云彩，飞向空无的晴空；我走在明亮的马路上，身后站着刚分手的旧友；天空绽放焰火，我躺在大海上；我身陷森林深处，迷失方向；我驶向外太空，失去重力。瓶子中洒出一滴水，在半空中悬停为一道弧线……透过飞船舷窗，我看见星空。

我不在视线之内，不在地图之内。我在行动的片段之中。

在出发与到达之间，我无法确信自己所在的时空。我处于间隔中，只好随波逐流。

笑声若隐若现

我见过江边有一座尖锐的山。

茂盛的植物包不住岩石的内部，灰黑从墨绿中挣扎着显露出来，提醒山的内部留存了真相。

前一天我听见墙缝里传来欢声笑语，

欢声笑语让我感到难过。

一阵风掀起杨树叶哗啦啦，试图掩盖这些声音，可其中的笑声反而更加突兀。

淙淙声连绵不绝

我走过一条乡村的路，伴随着一条小溪。

水流激起浪花。

浪花的产生，终究不是水的问题。

我思量着藏在水下的石头，它们创造了暗涌。

我继续走这条路，伴随我心中的淙淙声，流水的幻梦连绵不绝。

还是个诗人

我重复了十年前的一次旅行。我在同一张桌前坐下，再次摊开白纸。

核桃树长出新芽，水管滴水，蚂蚁犹豫着探索桌面。

除了画一条直线，我心中没有生起新的灵感。

但当我摩挲着白纸，有个很好的发现——

拿起笔来，我还是个诗人。

第二辑　落花与雪花

在波光上游行

我在冰上见到一条约三尺长的大鱼，镶嵌在结冰的湖中。真不知西海池中还有这类壮观生物。

过两周，我再次路过此地，西海的冰全融完了。

之前冻住的大鱼不知所终。

三只鸭子在波光上游行，仿佛冬天没有来过。

春 雪

二月初一。迎春花都开了，还下了一场大雪。

我在阳台上看雪，在窗台摆了玻璃瓶中幸存的小文竹。打开音响，播放指弹吉他音乐，眼前安静落雪。再看纤弱文竹，在雪白的映衬下，仍然翠绿。

这场春雪下完，整年就不曾下雪。文竹还活着，仍然轻盈。

它不曾长大，却落了一身灰。

惊　蛰

枯草上陈年的灰飞起来，铺满了我的鞋面。我在河边散步，风中的水汽扑面而来。一片朦胧的绿色正在对岸升起，定睛一看却消失了。

故地重游，远远的一群人欣欣然聚在树下。他们指点着，议论着，欢笑着。我看这几天新叶子，最初柔嫩多姿，过几天就要变得灰暗平庸了。

花朵砰砰砰地依次开放，季节的色彩、气味、触觉都膨胀起来。

入夜时，我倒了杯酒。想到窗外在开花，酒就喝得有点多了。

没有陈腐的味道

杨树穗子噼里啪啦往下掉。我积攒的素材也如此。

打开本子，去年写的一串又一串字，往下掉。要打扫清理，却不知如何下手。

索性将一大堆衣服扔进洗衣机。按下电钮，呼噜呼噜转上四十分钟。

脱水后的衣服晒成一排，在风中微微摆动。

夜里将一件件衣服分别收起。我凑近了闻，多好，没一点儿陈腐的味道！

四月之歌

全城都在痛骂四处乱飞的杨柳絮，我却喜欢看他们热闹的场面。

杨柳絮在光影里忽明忽暗地飞着，配着远处幼儿园中传来的欢笑声。杨柳絮在地上乱跑，也像一群小朋友在相互追逐。

呼啦啦……跑过来，忽悠悠……跑过去。

这些顽皮的杨柳絮，四月结束的时候，又不知跑到哪去了。

腐烂让他们具有个性

我看到在花坛里开放的月季，心生厌恶。其中一朵的姿态让我想到某个人。

可是即便难堪的月季，那也好过公园花圃里的郁金香。

郁金香的讨厌之处在于重复。花瓣，叶子与花茎，如塑料质地。他们排得整齐，一行一行。不过即使我厌恶，却找不到一朵郁金香对应某个人的比喻。

日渐枯萎的郁金香，似乎比盛开时要好一些。腐烂的部分，反而让花朵得到了个性。缺陷的面貌，也是人性吧。

我知道了它们的名字

夏日中的一天，我用软件识别出路边一些寻常植物的名字，比如珍珠梅或日本女贞。

大苞萱草之类的植物，如果不知道，我还把它叫作野百合呢。

有了名字的灌木，发出的味道也更特殊。

灌木有了名字，我知道了名字！认识你很高兴，虽然我还不知道你这一株的名字，但我喜欢你纯洁而平淡的味道。

夏　至

走在没树荫的宽马路上，我是一只被榨了汁的橙子。

每过一秒，我的肚皮就流失一些水分，这样越走越伤心。

我无法辨别茉莉香的源头所在，只闻到隐约的味道。仿佛置身大山的雾霭之中，仅听见明亮的鸟语。

你是否记得这是一年中最长的一天？

光明四射，向前赶路，我走在被阳光榨干的一天。

白毛里就是你

“跟人学，长白毛，白毛里，就是你。”

这套小时候喜欢的顺口溜，张嘴就来，连续念上三遍。

白毛里是谁？

一夜之间，我瓷盘子中的樱桃长了白毛，遗忘在壶里的茶水也浮了一层白毛。

纤细的白毛啊，看起来他们变老了。

白毛里，真的有你吗？

夏日守则

离开房间时，请记得关闭电风扇。

在没人的房间里，电风扇漫无目的地摇头晃脑

——这样的场面实在可怜啊。

记忆变得虚假

在公园桥头换乘公交，我抬头看到海棠树，满树郁郁葱葱的绿。

我记起，这海棠树曾开粉花，衬新绿。我记过一句：比起海棠的嫣然一笑，“桃李满山总粗俗”。

此时盛夏午后，我面前的海棠，也只是样子普通的一棵树而已。

一棵树毫无可看之处，也没了开花的证明。一个繁华幻象消失之后，春天时在此处的回忆，似乎也变得虚假了。

青皮果子在膨胀

进入三伏天，我才想起收纳冬天的厚羽绒被。

用真空包装袋装了被子，封口不严，袋子在夜里一点点漏气。好像有人漫不经心吹着口哨。

热天的夜黑不透，午夜的天光也有些亮的，且低沉地响动着。热气从草丛里蒸腾出来。

我失眠，躺着听真空袋漏气的口哨声，气若游丝，我闭着眼，流汗越多，草的味道也越大。我知道，窗外核桃树的青皮果子正在膨胀。

只是绝望的挣扎而已

八月，我看见被蜘蛛网困住的绿头苍蝇，我们就要谈谈拉奥孔。

苍蝇垂死挣扎，在网中无法抽身。时间、死亡、命运仿佛巨蟒，即便人们无力改变，挣扎也会是个漫长的过程。

呃，绿头苍蝇，在精疲力竭之前，我为它徒劳的挣扎感叹。

酷暑和命运都如此让人窒息，我把手里的艺术画册扔在地上。

夏天的失去

一个人一天要睡七到八个小时，这是谁规定的？要睡得沉还是轻，该怎么算？我越想睡觉就越失眠。因此，根本的问题在于对失眠的执念。

八月似乎什么都没干。我躺在夜里，脚放在床单上，脚尖感受到窗外吹来微风的温度。睡不着的时候，我将睡觉的道理用于八月的反思。如果无法拥有睡眠，怎么能谈得上失眠呢？整个八月，我失去了什么呢？失去了夏天的热，还是失去了热闹的蝉鸣？

闲散的游人们

夏天，我俩践踏森林公园里的向日葵。向日葵的盘子里装满牙齿，尖锐却软弱。

秋天，我俩践踏森林公园里的野菊花。各色野菊花，铺成一条五彩路。

走路的我们，践踏了多少草地上的花朵。

如此闲散而残忍的游人啊！

譬如朝露

露珠出现的早晨，我以为世界玲珑剔透的美，为我存在。

雨后水中的我，静止时逼近于真，又很快摇晃破损。

偶然之水反射蓝天白云，也摄取着我。

露珠，水坑，短暂的居所啊！影子和影子，曾重叠在此。

云的消散

晴朗的傍晚，走在往北的大路上，我想起让云彩消失的思想技能。我盯着一团云彩，请它消散，果然这朵云很快解体了。我再换另一朵，同样灵验。

我盯着远处的最大的一团，它横在天边，十分巨大，大得让人气馁。

我在走廊的石凳上坐了会儿。这云异常瑰丽，仿佛向仰望的世人炫耀着自己辉煌的存在。

十分钟后再抬头，这朵看似不可能散去的，也完全消失了。

以防接吻时爬出虫子

厨房窗台上的两颗白壳鸭蛋，爬出白蛆。

拧开辣椒罐子，爬出红蛆。

打开一袋红枣，飞出白蛾子若干。

大鲜桃两枚，隔天烂了三分之一。

我俩相互打量，仔细检查彼此变质的程度，以防接吻时嘴中爬出奇怪的虫子。

不会有什么好结果

完美的水果都长得一样好，每次的腐烂却十分独特。我通过观看苹果的皱褶预测未来的运势。

我看到黄鼠狼两次。在院子里，我看到一只黄鼠狼过马路。

另一只则出现在草丛里。两只黄鼠狼都没有停下来看我。

悬而未决的问题有了答案，看来这段感情不会有什么好结果。

期待荷花的开放

上街买黄瓜，顺便买了一朵含苞待放的荷花。

将它斜插在花瓶里，放在桌子正中央。

如果它开放，就该在今天夜里了。

在我还没睡着的时候，想象荷花正在开放。

今晚，我怀着期待入睡。

剩下了一些痕迹

吃过草莓的手，甜味久久不散；新开的鸡蛋壳，淌着黏稠的蛋清。

盆里的西瓜皮，刻满水淋淋的牙印儿。起了一阵风，整夜酒劲儿全散。

我在信封里寻找回忆的证据，昨日来信和写信的人都不知所终。

在樱树下，椅子上，有人写了一行字："一天完结，樱花飞落。"

笔记本写完了，夏天的果实也要成熟了。

南方之光

白鹭从水汽中起飞，青苔在灰墙上慢爬。

妖媚火龙果，大红芭蕉花，以及大花第伦桃。

在白炽光下，长满鳞目的释迦果子，类似虫子复眼，审视世界。

黏稠之雾，温润而黏稠，浸染了南方之光。

我在雨后的山顶看到过，在繁茂枝叶的树影里看到过，也在夏天的梦里看到过。

当初的自由气质

我从贵阳的湿地采来一支芦苇花。在宾馆房中摆了几天，舍不得扔。带去机场，乘坐飞机时不仅沾了自己一身的毛，还沾在别人身上，引得同行人偷偷打量。如此压在脚下三小时，芦苇花也失去了当初蓬松的气质。

这个本来也就是芦苇的种子。我羡慕它的飘逸，要带它到另外一个地方。

毛茸茸的种子，在各处逃逸，在飞机上，飞机场，车上，在人们身上。

当它变得干瘪了，却仍让我想起它最初的自由气质。

秋天快乐

碰到个小朋友，我问：你喜欢秋天吗？

他说：喜欢。

为什么呢？

他说：秋天可以踩树叶呀。

刚才，我在马路上踩了两片树叶，就想起早上的小朋友。

嘎吱嘎吱，碾碎一片干枯的树叶，真让人感到切实的快乐。

嘎吱嘎吱，破碎的声音。这是秋天的快乐。

寒　露

寒露时节，北方山区里的景色变化最快。山上如着火一般，每天都不一样，烧着烧着就成了灰烬。仿佛一只驯良的生物，正挤出最后一滴血。昨天还是抒情的，现在只是荒芜一片了。

小蜻蜓啊，缓缓地落在我头顶。

当它落下，我就变成秋天里的一棵树。

两棵树的高贵姿态

赶路时，我曾见过并肩站立的两棵白桦树。

阳光从正面投射，两棵树被舞台灯光照亮，在铅灰色背景的衬托下，通体如象牙般洁白，不断向上、不断分开，每个细小的分叉都区别于背景，明媚而清晰。他们的枝头上闪烁着金色的光，一阵风经过，成片的光芒向空中簌簌散落……

若不是凋零到如此程度，白桦树瘦削的躯体细节不会显现；倘若叶子落光，反生孤独、凄凉的调子。若晴天，无灰色衬托，就乏味平常；若阴天而无光芒投射，明亮的枝干混同于其他，谁又会留意到他们呢?

时间运动至此，因缘际会之间，两棵白桦树才展现出如此高贵的姿态。

所谓浪漫的

深秋的银杏讨人喜欢，满树金黄摇曳，勾起人们的一点浪漫幻想。

凑近了，一股臭味扑鼻，这是银杏的果子发出的味道。

往往对一些事情抱有好感，也许我还是离得不够近吧。

不再是我自己

抚摸肚皮的皱褶，触感突兀，好像在手掌下的不是我自己。翻开一本书，咽一口唾沫，舌头上的苦味也陌生。

散步时的藤萝空荡荡，我以为开花了，一晃神，只是雾气里没睡醒的紫色幻觉。

眼前的裸体悬铃木，居然不久之后还会长出来新叶，这个预感让我震惊。

比如我到了老年，望着同样的树杈，回想这个十一月的结尾是虚幻的。

彼时此地的我，又长出过几轮的嫩叶，一定不是现在的我。

冬天才刚开始

那冬日里的老蚊子，无力地趴在墙头，偶尔飞起来转几圈，停在我身上有所企图。

老蚊子试了试自己的武器，没有下文。

如此这般，无力飞起来，无力吸血。

我等着老蚊子的下一步举动。可是冬天才刚开始。

冰偶像的坍塌

冬日街头，摆了若干卡通造型的冰雕。这位是白雪公主，那位是小鹿斑比。春天一来，童话人物们面目全非。融化时夹带了空气中的脏东西，统统化成一座座小鬼。

“时候到了，纯真的形象就要失去，而且以十分不堪的方式。”

“你没必要想这些，”她提醒我，“毕竟还冷着呢。”

冬天是个干净的节日。至少我不该扫兴。

话虽如此，我仍忍不住再次想到冰偶像完全坍塌的时刻。

另一个人

平底锅里的三文鱼头露出一排白牙，它的脑袋被分成两半，平摊在锅里。我喝了两杯白兰地，吃完这一锅。洗碗时从厨房向外看，雪还在下。

这是很长的一夜，我坐在厨房，听外边发出呜呜呜，呜呜呜……幽幽之声来自空洞的过去。

来波士顿看我的朋友告诉我："过一个冬天，你会恨这里的。"

可是并非如此，一点也不。我登上小山丘，踏进没过了脚踝的雪地。书和音乐，三文鱼，牛肉和啤酒，我什么也不缺。

毫无疑问，我得感激这些日子。并没有学到什么，只是获得了一些自我感受。只要一年寂寞的生活，我就转化成了另一个人。

早上的威士忌

冬日阳光在早九点准时经过桌上的酒瓶。威士忌酒色金黄璀璨，犹如真理一般耀眼。这种景象我试着描写过两次。

前一天晚上冰块儿在酒里发出咔嚓咔嚓的破碎之音。喝酒的人却看不到破碎。

我来了兴致，说起我喜欢戈壁滩上的阳光，金黄璀璨。太阳足够强烈时，让人无所遁形，那会清除一个人的所有想法。

寒冷的日子，容易喝多。喝多了，话也多。

每年都有一月

我喜欢一月，因为它的单纯。

一月是旗杆，用来升起各色旗帜。还可以做扦子，串起肉与花。

一月，我闻到庙门口蜡梅的甜香。经过铜塔顶端的风，拨出单调清音。

喝了酒，我梦到上山的石梯。刻着数字和名字。一条直线，走也走不完。

每年都有一月，一个简单却充满希望的开始。

重新进入世界之流

初春时节，冰与水彼此较劲。上午、下午，傍晚和深夜，一会儿凝固，一会儿融化，几经反复。

被水流包裹着，一块冰开始变得圆润、柔软。而后一层层自我剥离，不断释放内部的气泡、水草、昆虫尸体……凝固于冰中关于去年的一切，解散了，也自由了。

鸟儿们喜欢落在即将沉没的浮冰上，絮叨地叫上一会儿。

终于，凝固了几个月的结晶，从此分崩离析，重新进入世界之流。

再见。世界上，不会再有这块冰了。

第三辑　镜中的面孔

我有一张嘴

冬天刚开始，我的嘴边就干裂着，开了口子。

每次说话都拉扯着疼，嘴张大了更疼。

我试着多说一些不怎么用张大嘴的词。语言在审慎之时也变得清淡。

说话时，我意识到我的嘴。

只有在疼的时候，它才如此真实地存在着。

与我无关

坐在旁边的女人将报纸对叠，折下去，再用指尖将折痕压平。

女人双手将报纸移到一边，宣布：今日晴间多云。

我翻了翻刚买的一本书，关于万物起源。

在咖啡店，当我思考万物起源，周围的一切事情与我无关。

我身后有一张电影《曼哈顿》的海报，人们在热烈讨论各种话题，我观察对面楼上的大钟。

大钟敲了若干下。具体敲了几次？这与我无关。

为遗忘之事发愁

我记录每日事物关键，有滋味的内容丢了十之八九。

轮廓一旦框定，事物的细节会在框架内浓缩、塌陷。过一段时间，都成了褪色的标本。

可是，若不写下来，我会看到这些故事自行发芽。

故事的花园之中，长出太多新芽，杂草丛生，花的真假无从分辨。

来自我的陌生声音

我听自己的录音，混沌、暗淡，还带着点口音，谈不上有任何魅力。

我习惯了通过耳骨传来的声音，跟录下来的声音判若两人。

在镜子里，我看到的表情，恐怕也是照镜子时故意做出来的样子，我刻意表演出来的瞬间。

比起表情的差别，我更难接受不一样的声音。明明来自我的嘴巴，听起来却不像我发出的，一个完全陌生的声音。

划火柴

我在破抽屉里找到一盒旧火柴，火柴跟封面上的脸一起受潮了。

一二三，一根接着一根，我试着划亮他们。火柴承诺了燃烧却不能实现，无法点燃的火柴相当可疑。

十三根火柴，我数着，在倒数第二根的时候，一根火柴燃烧了一会儿。

屋外的河流湍急奔涌，扑通一声，似乎石头跌入其中。

火柴烧没了，等的人还没来。

我走了，把空火柴盒扔进河里。

暖瓶内部的破裂

一声闷响，我踢碎了暖水瓶。几秒钟之后（想象了暖水瓶内部的坍塌），我看到亮晶晶的银色碎片随着热腾腾的水缓慢流出，碎片在地板上扩散，星星点点，剔透闪光。

多久没听过暖瓶破碎的声音了？声音沉闷而果断。暖瓶破碎这种事情，也不容易遇见了。我爱暖水瓶。早期的暖水瓶包含了一个易碎内胆。易碎的内胆，保护了水的温度。

我的愤怒徐徐升起

这次我要换个水龙头，扳手不合适，我汗流浃背。

刚挂了电话，客户提出的问题我无法解决；另一个电话来了。我妈说，她吃的药不能缓解莫名其妙的疼。

空气正变热，扳手用不上劲，我还在努力尝试。

吊灯在摇晃，投射在地板上的光晕在压缩，也许在扩散。

我要把水龙头拧好，我还得解决不断涌现的问题。

我想到自己正在变老，而这把扳手无法匹配。我的愤怒徐徐升起。

品尝到苦涩的滋味

在搬家前我要仔细检查一切，确保不带走旧房子里的蟑螂。

我查看了每件行李，每个缝隙。我认为这次行动是细致而有耐心的。

搬家完成，雨还在淅淅沥沥下着。我从行李堆中翻出一把雨伞准备下楼吃饭。

我站在楼门口打开伞，几十只米粒大小的微型蟑螂，在雨中四处逃窜。

我以为检查是万无一失的。眼前发生的就像个玩笑。也许这是我经历过的所有玩笑中最苦涩的一个。

千疮百孔的诗

由于缺乏耐心，我钉钉子往往失败。

我举起锤子，大力砸下去，钉子歪了。

钉子的高度也容易算错，如此一来，在白墙上留下若干刺眼的孔洞。

我想淡化失败的证据。而墙上千疮百孔，无法填补。白墙是一张纸，一二三四五，孔洞组成一首失败的诗，每天都在提醒着一个测不准的原理。

我企图寻找它

我的衬衫晒在窗外，在微风中散发芳香气味。

我摆弄衬衣，发现一处不起眼的污渍，没洗干净吗？也许。不过，除了我自己，其他人不会注意到它。看起来，污点就像是衬衣图案的一部分。我最好趁早把它洗掉。

可我拖延着。我站在窗前，透过纱窗观察一只鸽子，它还在东张西望。循着鸽子的方向，我看见小卖部门口的男人也在犹豫，往前三步，退后两步。

一个上午过去了。我至少要出去走走。穿衣服时，我想起衬衫上的污点。

我试着找污点，却再也找不到了。它已经成为衬衣图案的一部分。

不存在的曝光

我从冲印社取回一条白胶片。图片社的先生通知我：你的胶卷大概没装上，底片没有曝光，所以一片空白。

我回想拍照当天帮我摆姿势的模特，她还特意举着玩具，爬上假山。之后换到一块草地，我等待光线出现，煞有介事地若干次按下快门。我详细记载了每次拍摄的曝光数据。

翻开本子，拍摄数据还在纸上。

我掌握了一个数值，可惜不曾发生过对应的曝光。

杀死水滴之声

我的水管坏了很久。我不想修它。

我是有理智的人，却怀着荒诞的期待。

我大概幻想过水龙头自动恢复正常。于是垫上抹布，消灭滴水砸在水池上的刺响。

抹布为滴水消音。

如此紧闭双眼，再拖一个晚上。

一盆死花的具体样子

临行之前，我整理了随身物品，订酒店，考虑行程。我吃掉冰箱里剩余的四分之一西瓜，喝掉最后一罐黑啤酒，炒了剩下的三个鸡蛋。

夜里我计划好了：明早，把杜鹃花放在楼下，让邻居捡走它。

在飞机上我才想起那盆花还在阳台上。这让我感到难过。半个月之后我回来，还没开过花的杜鹃就死透了吧。

比起它死去的事实，让我更难接受的，是过几天我将要看到一盆死花的具体样子。

我决定要穿过门去

大学门口的灯杆上贴着口号：Do Less（做更少）。几个灯杆上连续贴了若干。侧面看过去就是：Do Less Less Less Less.

另一侧门前的地面上写了一行字：Trust More（相信更多）。

我坐在草坪上，看着人流熙熙攘攘。学校大门上写道：Enter To Grow In Wisdom（进来增长智慧）。

我要穿过门去，去沾一点智慧气息。现在的问题是，我选择路过“更少”，还是跨过“更多”？

迷上了麻醉师的工作

我去做胃镜检查，发现了麻醉师的职业魅力。麻醉师语调平淡地数着数：一二三……我就失去了意识。

我再醒过来，已经是两个小时之后了。

我患有慢性胃炎，需要保养吃药。如果迷上了麻醉师的工作，这点病也显得无足轻重。

因为一二三，我就立刻失去了意识，不记得中间发生的痛苦，轻而易举，完成了一次没有记忆的内陆飞行。

想起一些生活中的故障

桃子放在桌子上，烂了一半；电话听筒坏了，听不到对方说话；电脑系统崩溃，失去了若干记录；超市排队半小时，收款机故障无法结账；去买报纸，最后一份刚被别人买走；舍不得吃的食品过期；下载一张唱片无法完成，我就彻底删除了文件夹里的其他歌曲。咖啡机轰隆隆响着，我担心它会随时爆炸。

我坐在窗边，窗帘被风吹起来，想起这一天来的故障，幸好我对很多事情还能保持冷漠。如若不然，我就去菜市场吧，重新挑选一个新桃子。

巴布亚新几内亚

我去爱尔兰签证处，爱尔兰的隔壁是巴布亚新几内亚的大使馆办公室。

使馆门口的告示栏上写了：巴布亚新几内亚的特产是鱼和邮票。他们漂亮的鱼都印在邮票上向全球出售。

巴布亚新几内亚，这个奇特的名字吸引了我。重复念上几次，就像在唱歌，令我心情愉快。

有一天，有人问我向往的地方。

巴布亚新几内亚，我几乎脱口而出。

我甚至重复了一遍：巴布亚新几内亚。我重复这个名字，就像在唱歌，让人心情愉快。

若有所思地闭上眼

即便我储备了两千首红心音乐，等到要播放音乐的此刻，却连一首恰当的都选不出来。

当下的心情是什么呢？我构思着。双色飞艇？还是酒心巧克力？

猫也扭过头去，若有所思地闭上了眼。

我的红头发女朋友

在电脑游戏里，我制造了一个女朋友，她的头发是红色的。

我跟她说话，她总一副心不在焉的样子。既不失望，也从不期待。

她问：吃饭？她说：我喜欢你。

在游戏里吻她，她说：很温暖。抱她，她说：放开我。

她轻盈地跑着，跟我擦肩而过。在夕阳里，她说：那么，再见。

我喜欢红头发女朋友，有简洁的身体，从不说多余的字，也不会透露感情的痕迹。

跟珍贵之物说再见

新买的德化白瓷盖碗太完美了。

夜里小心翼翼，我用它泡一些不可多得的好茶。

洗刷时，我把它打碎了，整齐地碎成几块。

我把它的碎片拼在一起，松了一口气。至少我不用再惦记它。

再见了，完美的东西。这是个契机，我要跟所有珍贵的事情说再见。

挂在枝头的蓝气球

我看到公园门口的城管推搡卖气球的小贩，粗暴地将小贩手中的气球甩向空中。

二十一只气球上了天，啦啦啦啦地向上飘，就像在庆祝什么。

城管发现一只气球挂在树梢上，他走过去拼命地摇晃那棵干枯的小树。

可是，无论他怎样努力摇晃，蓝色气球始终顽固地挂在树杈上。

我从公园出来，城管和小贩都不见了。蓝气球还在枝头，仿佛一句轻蔑的口号。

狮子山的发言

我在莱比锡动物园游览，看到饲养员准时登上狮子山，投喂前为游客们认真解说一番。

几头狮子虽听不懂宣讲，也要起立徘徊一番，等待开饭。

以狮子的角度看，饲养员的讲话与食物降临，一定存在必然联系。

我跟狮子一样听不懂饲养员的德语，就把一大串嘀里嘟噜当成念经。

每当我跟某个人无法沟通，我就想起莱比锡动物园的狮子山上饲养员的一通演讲。

阴影问题

我试着分辨停在天棚上的蚊子，究竟它是二维平面还是三维立体。

我站起来定睛去看，果然没有阴影。这该是去年早已被我拍扁的一只。

但观察的过程，让我失去了睡意。

我索性去阳台仰头观察后半夜的星星。它们是二维平面还是三维立体呢?

夏天最后的夜晚，我思考星星的阴影。

梦中之梦

有一次，我梦见自己在做梦。

醒来了，我感叹：还好，这只是个梦啊！随后，我又醒了一次——刚才的醒来，发生在梦里。

我讲这个嵌套的梦。他们不相信我做过这么精巧的梦。他们说我电影看多了。过去几年，我都在怀疑这个梦是否真的发生过，怀疑的程度与日俱增。

我还会做梦。

我在无聊的梦里走街串巷，再没碰到进入下一层梦的入口。

被不可见所吸引

停电之夜，世界停止运转。一滴水爬过电线，当啷一声，砸在空调盒上。我的想法也随着水珠分裂了。深棕色的树丛随风摆动。说起来，我跟世界的连接何在?

我翻出落满灰尘的白色大蜡烛，点燃它，掀开黑暗的一角。

随着燃烧，蜡烛芯之下积起了一汪水。

我屏息而视，这是我回到过去的妄想之泉。

摸到了别人的胳膊

我的胳膊被压在沙发垫子下，过上一会儿，胳膊麻了。

如果时间再长，身体与胳膊失去联络，胳膊上的神经暂时失效，触碰胳膊的感受就会变得不大一样。

我的胳膊仍然长在那，可摸上去如此陌生，它就像是别人的胳膊了。

或者，我把它当成一块仙人掌。

大城市的生活多好

大城市中的噪音无所不在，永远存续。人们摩拳擦掌，川流不息。

玻璃大楼内一个重要演讲正要开始，出租屋中浪漫的诗句正被写出，鸽子屎砸中了天才的脑袋。地铁车厢装满了人，他们之中有人某天会相识，一起生孩子，或者彼此记恨，仇恨直到永远。

大城市的生活多好。我藏着秘密走在街上，我不想告诉谁，谁也不会知道这个秘密是什么。

我在口袋里摸来摸去

我想到了一个句子。

对面的女士正在感叹美国某公司倒闭，男士则在叙述曲折的爱情故事。

而我只是默念这个句子，仿佛小时候摩挲着藏在口袋中、刚捡到的彩色石头。

我不想把石头拿出来，我不需要再看一眼。

最快乐的，莫过于将手放在口袋里摸来摸去。

声名水上书

公园里常有老头用大毛笔蘸清水，在水泥地上写字。

我路过，老头问：你叫什么？他用水在地面上写了我的名字，然后再加一个日期。一分钟过后，日期和名字都不见了。

“此地长眠者，声名水上书。”此乃济慈的墓志铭，也是我最喜欢的一句，刚好配合这些字，用水写在水泥地上的名字。

镜中的面孔

当我回头张望时，我在面孔的镜像中看到我爸，在发呆或嘲讽的时候，我在镜子里发现了我妈。在瞪眼睛时，我在照片里发现我弟的长相。这些镜像暴露了我家族的线索。

一起生活的人和动物，距离近的人和物也大概能溶解彼此的面孔，说不清谁是谁的模板，时间的雕刻仿佛吹过腐蚀的石头，一张脸聚合了一个人的遭遇。所有在我生命中停留的人，都留下或深或浅的印记，或许这张脸还有一部分特征来自远古的祖先。

星球表面发生的变化一半来自本身，另一半来自星球对宇宙信息的持续吸纳。

第四辑　在夜里摸到白色

疼痛的预感是绿色的

在餐厅吃饭，我邻桌的玻璃板忽然崩裂，绿玻璃碴四处迸溅。

之后的每次吞咽都印象深刻。我的每次吞咽，都包含了吃到玻璃的幻觉。

我胆战心惊地咀嚼，甚至抱有不可理喻的好奇心。

疼痛的预感是绿色的，其中包括了玻璃板的绿色，以及一盘凉拌菠菜的绿色。

吲哚遍布四周

嗅觉是一种主观。讲课老师介绍说：吲哚，一种芳香杂环有机化合物。在自然情况下，吲哚存在于人类的粪便之中，有强烈的粪臭味。不过，在很低的浓度下，吲哚具有类似于花的香味，比如橘子花，吲哚用来制造香水，煤焦油也包含吲哚……

吲哚，吲哚，一个有魔力的名字。听了介绍之后，这两个字的发音在我的胸腔里挥之不去。

吲哚遍布四周。

我在黄昏照亮灰尘的日光里看到了吲哚，我在肖邦的钢琴曲里听到了吲哚。

在夜里摸到的白色

公孙龙曾说：一块坚硬的白石头，若用眼睛看它，看到了白色，却看不到它的坚硬；若用手摸它，摸到它的坚硬，却摸不到石头的色彩。白色与坚硬，是与石头分离的。

隔离其他感官，只享受其中一种的愉快。比如仅仅抚摸，而不看着他们，或者仅仅听，却不看见。没有这样的享受的人，难说体会过人生的快乐。

不过，我想澄清一下：我的确在夜里摸到过一种白色。至于细节如何，我没办法在这儿描写出来了。

余味幽幽再现

余味，咂摸咂摸什么都没有吧，那有什么意思呢？有人问我。

真的没意思，也有点儿意思。我说。

余味存在于想象界。人与事共同反应，在一个时刻波动交汇，余波荡漾。

好比，夏天我曾路过一片灌木丛。直到秋天来临，我在夜里平躺，灌木的余味才幽幽再现。若干年前的一张脸，本来消失了的，也从灌木林中浮现出来。

亮光在不锈钢竿上爬过

午后的阳光投射在不锈钢晾衣竿上。

我停下不动，亮光也停下。

我站起来，走一走，亮光在竿子上滑动。

往左、往右，往右、往左，亮光在晾衣竿上爬来爬去。

多么轻盈，多么明亮，多么狡猾。

消散于膨胀

一根香缓缓燃烧，袅袅之烟随音乐升起，在空间之中蔓延。

一只豹诞生了。豹变成女人，女人变成一朵花。花升腾扩大，扩大，然后消失。

烟升到空中，一个形式转化为另外一个形式。

香燃烧的顶部，一点猩红一呼一吸；

烟漫游到光域外，变化的物象消散于膨胀。

他们开始发光

我迷上了一些发光之物。比如白狗的蓝眼睛或白炽灯管。

比如夏天某个喷水的池子，或悬在水上的小彩虹。

如果我的目光有所偏移，以上的发光之物就消失不见。

我将发光的物象都储存起来，放入更大的发光体之中。

我闭上眼睛，他们开始发光。

生活中的声音

一年之中，第一声蝉鸣值得期待。

一天之中，值得聆听的是写字的沙沙声，炒菜出锅入盘，或敲击机械键盘。

夏日里，我躺在旅馆的床上，听见窗外连绵的海浪冲击海岸。

冬日里，邻人唱歌，或吵架，他们的音波时有时无。

我翻书时，放一些白噪音，烧着的柴火噼里啪啦，或轰隆隆的雷阵雨伴奏。

我出门，走在萧条的街上，传来糖炒栗子的叫卖声，风穿过门洞，身后传来鸽子哨的回响。

爵士乐队演奏

小号手骑上烈马，小号在速度中上下起伏。

低音萨克斯的柔音打碎五彩镜，反射成五个脑袋。次中音萨克斯吐出最后一口气。我以为他会飘起来，他没有飞，却放出了一只彩色小鸟。

这一锅汤如此搅动起来，猛烈的合奏，就像激烈的总攻。

浑浊的奶白色勾兑了浓密的爱情。

小号一跃而出，尘埃落定。最后，黑管清冷地勾出一座雪山明亮的轮廓。

想象的冰山

燥热之日，我面前有一座想象的冰山。

这座冰山将我分散的心神聚于一处。

我的意念潜入想象之海，探索冷却的本体。

向下，向下，凝练成为精纯的感知。

在冰山之下的深水里，我的探寻没有尽头。

走进洞中

我走进山洞，起初一片漆黑，几分钟之后，我的眼睛就适应了。

回头看到后来的一家人影影绰绰进了山洞，他们有说有笑进入黑暗的洞。

一股虚无的悲哀感涌上心头。

我曾在石灰墙上发现一个洞。

我触摸洞口，感到悲哀，也许又有一行人走进去了吧。

与作品融为一体

我在看画的时候，留意到画框玻璃上自己的影子。

当我全神贯注，被画面的内容所吸引，反射的影子就不存在。

罩着玻璃的作品，都带着投射了观者的反光。

我不可能摆脱自己。玻璃一旦摄取我，就将我与这件作品合二为一。

我忍不住敲击他们

我旁边这位先生的身形看起来相当纤细。

我总想抬起手，敲一敲他的后背，期待他身体里传出清脆的回声。

我路过竹林，竹叶在风中哗啦哗啦响。

竹子的脆皮上一字一画，写满了符号。

我也忍不住敲击他们，以考验这些明目张胆的宣言。

一个人的肚子

我曾写出一个字母 O，一个数字 0。

看看他们的区别，他们的曲线，他们的肥胖程度。

一个人的代号，可以是 O，也可以是 0。

这取决于这人肚子的大小。

通往某个陌生的王国

昨天盯着一个字看，看久了，就不认得了。

我盯着一张照片，看久了也分不清此乃何物。

一块墙皮，一个破桶，一片石头，我盯着看，越来越不认得世界的面貌。

我盯着爱人的脸看……

这个入口通往怎样的陌生王国，我就更不得而知了。

即将瓦解的预感

我去参观的展览会上摆放着古瓷，青瓷典雅，五彩锦簇。

瓶子上的桃，饱满得要流出汁儿来。

美妇人坐在窗口，窗外一副春景。另有小儿在旁玩耍，尽情又投入。

罐上题了诗：花有重开时，人无再少年。

凑近了念出声，有些意兴阑珊。

画在瓷器上的春天，不知怎的，都透露出即将瓦解的预感。

最真实的正在其中

我要解开俄罗斯套娃诡异微笑之谜，要看看套娃的肚子里藏着多少个自己。

掀开一个，还有另一个。我逐层进入内部，小一号的套娃微笑更诡异。

最小的一个只有鼻屎大小，表情成谜。

鼻屎中也许藏有另一个，更小的自我。

最真实的正在其中吗？是否有更小的真实呢？

旅行愉快

雨天午后，我们谈论人间的美丽景象，你仔细观察过雨后的树叶吗？挂上了若干雨滴。

雨滴多么美。人间的珠宝比不上此刻落在叶脉上的雨滴。

我忍不住要祝福叶脉上晶莹的雨滴：旅行愉快！

祝你们今夜在下水道的旅行愉快。

烟雾迷蒙了眼睛

冬天到来，我们一起去看一座烟囱，仰起脖子，望着天空，吐出一阵阵白烟，假装变成了另外两座烟囱。

我播放歌曲《烟雾迷蒙你的眼睛》，想象中的蒸汽火车开动了。阳光为白烟镶上了金边，乌云与它融为一体。

我见过早上冒着蒸汽的锅，也见过更冷酷的大烟囱。悲伤的人们盯着不断冒出来的青烟，猜测着哪一股烟才是自己亲人的灵魂。

我写出的字

我写在本子上的字，变成了若干块砖，本子上的字积累多了，就建成一座房屋。

我说话，溅出火星，话多了，碧波变了火海。

我画画，蜡笔丛林栩栩如生。在画面上，唯独我的脸一直抽象着。

我爱华美崩塌的电影场景，也欣赏其中失控的美丽之人。

幻想界是液体的，它正在通过缝隙，浸入我生活的世界。

或者我的字词句，已经是世界本身。

一句话呼之欲出

涂涂抹抹，坑坑洼洼，七扭八歪，这是我手上笔记本文字的模样。

画掉的词语，成了无法辨认的一团，也许是肿瘤，或是玫瑰。

那团涂抹、删改，有情绪，也有怀疑和犹豫。写了前半句，喝口水的工夫就忘了合适的后半句。一句话呼之欲出，却永无诞生之时。

再翻到誊写干净的一本笔记，纸上的内容被精心打扫过了，如此反而缺少书写的存在感，顺畅整齐的样子，令我怀疑当时的思想状况。

树杈和天空形成面孔

我看那些树杈和天空。最终辨认出树杈形成的一张面孔。

天空中空出来的部分，可以理解成任何图案或象征。这就好比猴子随机打字，只要打上几千万年，也有机会打出一整部《哈姆雷特》。

树杈和天空组成一张悲伤的脸。这张脸也可能是喜悦的。

这取决于某个时刻看风景人的心事，以及他的心情。

在灰尘中爬来爬去

我猜大概有一只壁虎之类的动物，拖着尾巴爬到沙发下。

半夜在黑暗中听到窸窸窣窣的动静，令我凝神三分钟。

我忘记了的某个人的脸，在半夜浮现，出现在天棚上。

另外一天，一只黑鸟呼扇翅膀，变成了黑发女人，跳上树枝，聒噪地叹气。我也没话可说。

我安慰自己，这些幻影无关紧要。话虽如此，每当我坐在沙发上，不安的想象又升起。我脚下有个东西拖着尾巴，在灰尘中爬来爬去。

发海参的好日子

珍藏的海参在冰箱里放了若干年，只有那么一丁点儿。

我妈把海参泡在水里。48 小时，就像活过来似的，海参展开了身体。

每当干货吸水，逐渐变得很大，我的内心都会感到充实。

这是个发海参的好日子，在新一年开始之际，适合让事物适当地膨胀。我的想法，也在这一天均匀膨胀起来。

提防着虚无主义的蛇

为了理所当然地活着，我将终日懈怠归罪于睡不醒，以及一事无成的预感。

我看见软绵绵的死亡。没什么能够阻止死亡，哪怕一只漂亮的小鸟。

我站在洞口，要随时提防着虚无主义的蛇。还好总有一些无用之物，他们醒得比我早。上午九点，从洞中爬出来，路过床，经过脸，唱着歌，经过了多愁善感的每个死角。

由此我放慢脚步，欣赏各具特色的杂物，用他们拼凑我每日所需的小故事。

锤炼一个意象

我锤炼一个意象，用来欢庆某个生存的时刻。

干秃秃的树枝上挂了繁花朵朵。如油的春水，漂荡的亮色，逐渐落入点点灰暗。

当柳枝变沉，我在担心之后的生活——没有开成的花，掉下来的花蕾。在玻璃杯中存放三只落了灰的蚊子。

我从一本诗集里看到华丽的组合。他们是来自过去的隐秘来信。

唱片中的十首歌，变成首尾相接的圆形。

从一个端点，到另一个端点。我在心里测量着，即将出发和返回的距离。

最好世上的人都低着头

十年前看月亮，我蹑手蹑脚。

就好像怕惊到满月初升。

我的私心，不想让旁的人晓得满月的好看之处。

云开月见的一刻，最好世上的人都低着头。

在抽象上漫游

我看到过蝉的壳子，却没见过金蝉脱壳。

蝉的壳子，薄而优雅，十分具体。

螺蛳粉的味道停在我头发中，舌头触到拔掉牙留下的空位。

大脚趾痒，嘴唇干裂。这些都十分具体。

但我的触碰，并不具体。

我的身体，在抽象之上漫游。在我没有确认之前，他们仅属于抽象。

一首歌的飞去来

我梦见过一首歌。

这首歌正在金色的音乐厅中上演，旋律优美，唱的不知是哪国的语言。

醒来时我只记得其中一句。我反复哼着，哼着这一句。

这一句占领了我的生活：无论走路、游泳、晒衣服，还是吃饭、看书……它随时奏响。它持续循环，令我心神不宁。我醒着的时候，旋律跳出来，我入睡之后，也会梦见它。其他的音乐里藏着它。墙上的涂鸦是它的音符，一切对话都是它的歌词，一切悲伤在它的伴奏下都显得滑稽。

梦里来的歌让我愤怒。不过到后来，我屈服了，我无力与旋律抗争，不再想着将它剔除。不过某天早上，这一句不见了。

一首歌，它飞来了，如今它又飞走了，没有留下任何痕迹。

我真的存在着吗

大概吃了不该吃的坏东西，我忽然成了隐形之人。换句话说，我看见别人，别人却看不见我。

隐身的我做了一些见不得人之事，满足我从小到大构思的邪念。我去一切我想去的地方，拿到所有我喜欢的。过了些日子，恶作剧的新鲜感过去了。所有人忘了我，他们忽略了我的恶行，我开始怀疑隐身人的荒诞之处。

透明的我，是不是早就死了呢？或者，这些人明明看见我，却假装看不见？

回想了几次，被视而不见的难过如此真切。这的确不是个快乐的梦啊。

在沉船上

我乘坐的大船在下沉，迅速倾斜。

可为什么还坐在船舱里，衣着笔挺，不紧不慢地跟她喝酒谈天？

我们沉吟着，酝酿合适的答案吗？为了让彼此不伤心，故意隐瞒着内心的难过？

毕竟我们谈的都是遥远的事情了。

眼下，我的小桌倾斜了，桌上的酒瓶开始滑动。

我腿上绵软无力，心中苍蝇乱飞。

我向舷窗外看，弯曲的大海，越来越模糊，它散射出最后一缕金色之光。

缘木求鱼与水中捞月

有人爬树去追求一条鱼，或在水中打捞月亮。

明知道月亮是个浮动的影子，还去打捞，或明知道树上只有鸟，仍想爬上去摸鱼的人，他们都是真正的梦想者。

我绝不会嘲笑梦想者。他们捍卫妄念，通过触及影子，而接近真相本身。

或许树上真有一条鱼的影子。

水中捞月当然徒劳，但光是想一想打捞影子的场景，也够美了。

我的一只手

我的一只手，拿起食物，握住笔，举起石头，或按下了启动按钮。

这只手，感受过夏天的溪流，触摸了虫子的绒毛，试探过一些凸起物，抚摸过一个人的后背。

我的手上藏着五个关键因素。我看到创世纪图画上的手，悬浮在空中。

在碰到另一只手之前，我伸出手。

这是一只探索的手，只是它从来都不够果断。

以某种方式再次回响

我的呼喊之声穿过树枝，穿透树叶，打在石头墙上，摇来晃去。

呼喊声融化于物质表面。物质世界将声音的一部分吸收，从此我的声音变成了物质世界的一部分。

有个故事里说了：一棵大树中藏着国王诉说的秘密。我想象一棵两千年的树里藏了怎样的声音。想象在城市的钢筋水泥之中，在花草树木或石头棉花之中，在流水、冰块之中，藏着多少先人的呼喊与耳语。

我与世界融为一体

吃饱了的老虎眯着眼，打量近在咫尺的鹿，老虎沉浸于和平的幻觉之中。恰如我刚卸掉了欲望，进入纯粹冷静的观察状态。玉米被石磨慢慢碾碎，天空渐渐消散余晖，洒在地上的水被风吹干。片刻之内，冷淡的空气升起。

一个词，一个杯子，一个表情，桌子上的痕迹……全部簌簌地倾泻而去，一去不复返，不带感情，不因我停留，也不留任何痕迹。

我的观察只是观察本身，不会带来任何后果，不会引发行动去干涉眼前的事情。而世界的一切发展着的，我冷漠的目光，远远延伸，稳定且长。

通过观察，我得到世界运转的根据。周围场景被目光点亮，散发着耀眼的光芒，在欲望消散后，他们更慢，更长，更持久。

风吹过桥洞。我迎接光线、形状、人、物，他们扑面而来。跟随着他们的到来，我进入宁静宇宙的中心。

如同一个预感

如同河冰裂开了一角，或音乐会开场前孤零零的音符。

如同微微嘴角牵动，如同晨曦的淡蓝，如同一个预感。

如同手指在键盘上的犹豫，如同笼屉上热馒头的蒸汽。

如同如此熟悉，却叫不出的名字。

如同已发生，却不确切的事件。如同匆忙的背影，或一闪而过的脸。如同一切，来自一个预感。

一句话最好是空心的

一句好话里得有些氢气，它才能浮起来。

好比夜里放的孔明灯，好比河里的皮球只是漫无目的，慢慢晃荡着。

一句好话从不把握自己的方向。

世界是实心的，而一句好话最好是空心的。

在难过的日子里，还剩下这句话可以指望。

这句话随风飘浮着，就像个蓝色的塑料口袋。

蓝色泡沫

在某时刻，蓝色泡沫，亿万个诞生了。

蓝色泡沫反射世界的景象，充盈着光与色，记载这一秒变化的时空。

泡沫破裂了，蓝色留下了。

泡沫破裂了，而纯正的蓝色永远不会破裂。

第五辑　狮子与蚊子

兴冲冲的热爱

我看那蜜蜂一头扎进鲜花之中，

无论鲜花是否会在今夜凋落。

此刻，蜜蜂与花都是彼此全部的实在。

蜜蜂兴冲冲的热爱啊，

如此急迫啊，真令人嫉妒。

抓住一只飞虫

云南虫子多，花草也多，这里爬出一只虫，那里长出一棵草。

天气三分钟之前还晴，忽降大雨瓢泼。

大自然的一切都在运转变化。

即使是在停滞的时刻，无聊的时候，也会有无数念头飞过。

我抓住一个念头，就像抓住一只飞虫。

句子招来苍蝇

顾城曾警告：所有事，只能在诗中实现，不然会招来苍蝇。

我听说阿拉伯人在墨水里加入蜂蜜。

我用这种墨水写下的句子，果然招来了几只苍蝇。

诗集与凉菜

苍蝇降落在诗集摊开的一页，
搓动前腿，再搓弄后腿。
它爬过其中一句，又跳上另一句。
苍蝇降落在一盘凉菜上，
搓动前腿，再搓弄后腿。
它爬过一片黄瓜，又跳上一叶香菜。
苍蝇搓动前腿，再搓弄后腿。

蜘蛛的生活

蜘蛛的生活就是结网和等待吧。一个人又好得了多少?

我走来走去，也结了自己的网。

我等着一些事情发生，等着天上的虫子掉下来，或者掉下来落叶、雨水或烟灰。

至少我知道，这是张终究会破灭的网。

我开始憎恨自己，我要爬到别处，再不想守着可怜的边界。

肚皮朝天的天牛

一只天牛死在窗台上：滚圆的肚皮朝着天，六条腿紧缩在一起。

黑夜里天牛不慎跌倒，白昼来临，它只好躺在水泥窗台上接受太阳的审判。

整个下午，天牛被烈日烘烤成脆脆的壳儿，越来越轻，越来越轻。

最终，一束阳光穿透了它的坚硬外壳。它得到了自由。

蟑螂种种

我的厨房里原本是有几只蟑螂的。放在灶台上的粘板本来为老鼠准备。老鼠早已搬家，粘住的都是蟑螂。

有一只蟑螂，刚踏上板子，第一步就被粘住。后腿自由，前腿被困，前进不得，后退不能。

另一只蟑螂在粘板上走了几步，起初没有被粘住（涂纾之处黏度不够），它决定穿越困境，却被粘在了板子的中央，蟑螂慌张地转动触须，一天后触须也被粘住，它失去了身上唯一能晃动的零件。

性格刚烈的蟑螂，往往奋力挣脱，由于用力，身体几乎被自己扯成两半。

也有安静的蟑螂，并不挣扎，活得大概久一点，但区别似乎不大。

如此，若干蟑螂，头对头，被困在同一块粘板上。如果他们能够说话，不知会发出怎样的感慨。

有只蟑螂，很健壮，皮色好，怀着雄心壮志，刚出发去探索世界，就被粘住了身体。另一只大摇大摆，却数次有惊无险，并非更具洞察力，它只是运气更好罢了。

问题是，放在厨房的粘板，本来是为老鼠准备的。

我也无言相劝

我在梅树林中见过一只乌鸦，走路一晃一摇，活像一位逍遥和尚。我也学着样子在林子的小路上走。他跳上树枝，转而聒噪地叹气，我却无言相劝。

我在五四大街的路口见到一只喜鹊，走来走去，没有起飞的打算，他大概想要开始一段演说。孩子只是在驱赶他。我看他考虑再三，抬了若干次脖子，最终放弃了发表演讲的打算。

相看两不厌

我去看正月十五的花灯，却遇见上万只乌鸦呼啦地起飞，仿佛燃尽的纸屑——被风扬起的一片片黑灰。

乌鸦滑行时，不怀好意地大声欢叫。他们落在宏伟建筑物的顶端，肩并肩探出黑脑袋。

看灯的众人挤不进去，全被挡在街口，相互打量、嘀嘀咕咕。乌鸦也没有任何优越感可言。他们害怕节日焰火，只好聚集在禁放焰火的房子上。

没有花灯可看，我看乌鸦。乌鸦无所事事，也只好看我。

我梦见自己变成了海豹

北极熊每周吃一只海豹才能维持生命。海豹每隔五分钟浮出水面呼吸一次。

冰上通常有十二个换气口，北极熊蹲在其中一个换气口旁边。

海豹决定向其中一个洞口游去。这个出口要么通往天堂，要么通向地狱。

由于浮力的作用，海豹在浮出水面的过程之中无法改变方向。这就意味着，当海豹浮出水面的时刻，无论看到蓝天，还是白熊的脑袋，他都无力改变。

我梦见自己变成一只海豹，正游向某个出口，我要享受命运来临，或买定离手的快感。

再也无法阐述道德哲学

我曾在电视上看过一个感人故事：一条四米长的雌章鱼产下十万个卵。该片讲述这条章鱼妈妈如何将一串串葡萄般的卵悬挂在海底洞穴的岩壁上，怎样耐心地为这些卵喷水保持清洁，如何寸步不离守在洞中。卵孵化之后，章鱼妈妈因劳累过度而死去。

伟大母亲的故事！可在我意想之中，故事散发着烤章鱼的香气。

麻辣？还是咸鲜？无论哪一种，不道德的想象，令我感到惭愧，也让我垂涎三尺。

我只好承认，我再也无法理直气壮地阐述任何道德哲学。

摇摇晃晃走在路上

百鸟园中仅有十只鸟。秃尾巴的雄孔雀，仍然开屏，唯一的雌孔雀却对他视而不见。

一只鸽子，跟着一只鸭子，他们吃得太多，体态臃肿，摇摇晃晃走在路上。

还有三只白头翁，一、二、三，保持着距离。

一只白鹭蹲在门口，在我前面一蹦一跳，就像个讨好游客的实习导游。

我看白鹭，他不好意思地低下了头。

挠痒痒

后背痒痒就挠挠吧。只要挠挠，就很惬意了。

给猫抓一抓脑袋顶，即便脾气很差的猫，也会很享受地眯起眼睛。

如果是一匹马脖子痒，那就难了。

如果是长颈鹿呢？怎么抓痒？后果不堪设想。

还好你不是长颈鹿。

谈起狮子老虎

以前我们总去动物园看狮子老虎的。M 记得一只白老虎的眼神。

在北方，M 告诉我，她看过另一只白老虎也有相同的眼神。

我说，只要你足够敏锐，这眼神，你也可以在一只猫眼睛里看见。

另一年秋天，我们在笼子里看到几只狮子。

三只小狮子在空地上打闹。在有阴影的角落里，母狮子安静地卧着，看小狮子玩耍。M 哭起来。她说：小狮子多可爱，他们一家人也很开心，可他们没有自由，被关在笼子里！

有时候，我们又会谈起这些。谈起以前的狮虎山，狮虎山里的柿子树，深秋掉下来的柿子是否会砸中树底下的狮子。

老虎们，白狮子，和她的孩子们，不知如今是否安好。

面对野兽的技巧

来自非洲的朋友为我讲解他们的野外生存技巧。

如果遇到大象追，你记得要走直角，大象不会走直角，只会兜圈子，就追不上你。

你出门时记得戴好牛皮围脖。藏在草丛里的豹子扑上来，吃了你的胳膊或腿，至少它咬不死你，因为你有牛皮围脖。

如果遇到豺呢？记得，不要躺下。豺不会攻击比自己高的动物。如果是小孩儿，将一截木头举过头顶，也能骗过豺。

这些宝贵经验十分重要。我告诉非洲朋友：这些经验，即使在北京也相当实用。

明亮的眼睛

街头的驴肉火烧饭店新近开张，作为饭店的代言驴，小毛驴身上披着“草原小毛驴”字样的条幅，只身站在喧闹的街口。

皮包骨头的小毛驴，发现了撒在地上的烂菜叶子，赶紧凑过去嚼个没完。毛驴嚼得起劲，看热闹的闲人围着议论瘦驴的旺盛食欲。

牵驴人红了脸，大声吆喝，让驴抬起头来，保持严肃，防止驴肉火烧广告成了笑料。小毛驴扬了脖子，嗷嗷大叫。

我看见小毛驴的眼睛。眼睛是弯的，它们是明亮的。

蜥蜴置若罔闻

一只特大蜥蜴被人带到创意市集。蜥蜴先站上了手工香皂，然后踩过键盘、架子鼓，爬过时尚人士的肩膀，就像爬过半截儿老木头桩子。

这只蜥蜴的脚爪最终落在了“享受生活”几个字上。不动声色地拉了一泡屎。

猎奇的参观者们凑过来。蜥蜴置若罔闻。他目不转睛，正视前方。

很显然，他正在酝酿一个笑话。

猫的面子以及仪式感

我从前养过一只白色波斯猫，它每次洗完澡，全身白毛紧贴在身上，身体面积顿时缩小三分之二。此猫自知不美，出浴后怕见人，灾民一样灰溜溜地绕圈子，躲到没人看到的角落藏着，过几十分钟将毛晒干，蓬松地奓起来，才肯重新登场。

每次便溺之后，猫总要试着用沙土盖屎尿。我观察了若干次，即便排泄在盆外，猫也要奋力摆动前爪，假装用虚拟的土掩盖真实的大便。

猫的动作没有丝毫功能属性。即使脚下没沙土，猫也刨若干下。我注目它的虚假，它一脸漫不经心。

洗完澡，猫湿漉漉的本质十分可笑，威风不起来，要晒干了才能雄风再起。掩埋粪便的动作，也可以理解成一种仪式，或者猫的一种自我塑造。

欲言又止的猫

深夜，当我趴在床上写东西，猫蹲在旁边看着我。我忽然有种预感，亲爱的老猫大概快死了。

关了灯。猫爬到枕头边，她贴得很近。我能感受到猫鼻尖呼出的潮湿空气，带着一股鱼腥味。在黑暗中，我看不见她，却知道她仍看着我。猫安静地趴在我枕边，我等着她开口说话。我相信，她早已掌握了人类语言，只不过欲言又止。

我回北京没几天，猫死了。我爸打电话告诉我这个消息。我想起欲言又止的晚上。我想起自己其实并不怎么了解她。我睡觉时，她总是清醒的，而当我起床，她开始了一天漫长的睡眠。

后来，我在很多地方看到一些白猫，仍然感到亲切。

某只白猫淡漠地瞟了我一眼，我似乎见到了已故朋友的副本。

但愿他忘记了一切

笼子里的狮子无法脱离狭窄而困惑的动物园生活。

如果可以，我要告诉他：你不是一头狮子，从来都不是。但愿你没有跑过，热情和冷漠也都毫无意义。

有一天，笼子里的狮子忘记了丛林和河流，忘记了遥远的草原和干燥的空气……但愿他在钢化玻璃背后，已忘了过去的一切。

忘记自己的过去，这也是我治愈精神困扰的良方。

没有爱情的人就像一条毒蛇

“没有爱情的人就像一条毒蛇。”我必须将这句话重抄一遍。

也许它来自一封信或短信息，很久以前，我记得有人发给过我。它存在于一个本子的某页，占有一个位置。

现在，被重新发掘出来的话获得了自由。

如同我真的看见了一条大蛇，自由爬行，穿过旋转门。

冬天，这条蛇在大地上充分展开。

迷路的鹿

一头小鹿迷失在我的后院。

踩着七叶树干枯的落叶，咔嚓、咔嚓，缓慢踱步。

黄昏已降临，看天色，也许要下雪。

有个时刻，小鹿停下脚步，茫然四顾。

看起来它忘记了为什么来到此地，也忘记了其他同伴。

这一刻，它只是它自己。

我将永远失去他们

我曾梦见过一匹马。尘埃化成这匹马，马跑着，又化成尘埃。

马跑得快，快过风，快过声音，快过时间，它不在这里，也不在那里，只是一些线条和色块。我只能称它为“难以描述的变化”。

这匹马带我回到了从前，一个时刻接着另一个。日出或日落，冬天或夏天。在梦中，我感到甜蜜，同时怀有痛苦的预感。我正在穿过世界。

跑吧，马儿，我不想停下。

蚊子血

蚊子身体里的血就那么一点儿。但那就是它生命的全部。

蚊子大快朵颐，吸足了血，变得充实而笨重。

肚子里别人的血，大于这只蚊子自己的躯壳。

吸我血的蚊子包含了我的一部分，携带着我的基因和故事。

这样的蚊子绕一圈，飞回来。

被我一巴掌打死。

如此形成了五平方毫米的鲜红故事。

我得把它写下来。

第六辑　挖掘闪闪发光之物

理解了他们

我到树林里去，找到相邻的两棵树。

看起来他们挺有缘分。

我用白纸条缠绕树干，将他们系在一起。

他们不再是地球上单独的现象。

从此我也理解了他们。

不愿寻找树根

树根躺在空地上，不合时宜的程度堪比赤裸的尸体。

这具树根已足够复杂，它曾向下挣扎，向着土地内部，尽量争取一切养分。

树根狰狞的面目理所应当。

然而……树根不是用来看的。我忽然意识到问题的核心：树叶和花可以看，而树根是内在器官。

这也是我无法欣赏树根艺术的根本原因。

告密者语调轻快

河面薄雪之上，有人写了三个巨大的字母：D、O、G。

在河沿儿的步道上走来走去。我碰了 M 的胳膊，让他注意冰上的字母组合。

他愣了一下，反问：GOD 是什么？

若干字母的排列组合，有可能指向截然相反的存在？

比如前两天，有人告诉我：LIVE，反过来写 EVIL。

告密者故意压低了声音，揭示一个令人惊骇的发现，仿佛这是关于世界的终极新闻。

从内部挖掘闪闪发光之物

在博物馆，我见过一块石英石。据说这是世界上最大的刻面石英石，重达一百公斤，呈金黄色并通体透明，光投射进入，折射形成不可测量的随机美感。

石头曾埋藏在地层深处，在地下很深的某处。我设想它的未来：石头的时间远长于人类的欣赏。人类腐烂了，占有宝物的欲望完结了，宝石依然会回到土地或海洋的深处。

时隔多年，每次回想起这块石头，我提醒自己，无论地球内部，还是人心深处，都藏着惊人的宝藏。

我得耐心一些，从内部挖掘出闪闪发光之物，让他们可见。最好不再进行任何加工，他们本身已经足够完美。

有了自己的名字

一件事、一个动物或一个人有了名字，就不一样了。比如一头牛，当它有了名字，你就很难把它杀了吃掉。

一块石头有了名字，也因此变得很不一般。在亿万年之中，也许只有我这么称呼这块石头。

很多人更改了自己的名字。他们认为特殊的姓名笔画更有利于命运。叫出来的名字就像施展巫术，喊多了的名字才是真正的名字。

一个人会越长越像他的名字。因为名字塑造了一个人，这样的例子屡见不鲜。

只留下对知识味道的回忆

爱美的罗马人，饱餐之后，再服用催吐药把食物吐出来，只留下味道的回忆。这大概是罗马人美化灵魂的重要方式。

读太多文字，导致消化不良，以至于健胃消食片都失去了效果。即便如此，我仍然无法摆脱对各种知识的依赖。如果停止摄入信息，我会空虚到心慌。感到头昏脑涨时，也得抓起一本书，与其说追求智慧，不如说取得一些安宁感。

我怕嘴里淡出个鸟来，就得保持咀嚼。

我得想个办法，把知识吐出来，只留下对知识的回味，就够了。

忘了去终点

在游戏设计中引入多巴胺原理（在大脑中，多巴胺作为神经递质，通过神经元释放一种化学物质将信号发送到其他神经细胞），据说这才是机器学习的精髓。让人工智能的游戏角色通过电子多巴胺实现自我奖赏。为了得更多分数（意味着获得更多的快感反馈），人工智能角色自动选择最佳游戏路径。

不过，这种自动的快感反馈设计也存在明显缺陷。比如游戏里的一辆汽车，为了得更多分数，忘了要到终点的目标。为了吃更多金币，一辆汽车原地打转，陷入死循环。

拥有更多绿色时间

公共汽车停在路口。我盯着红灯，期望它马上变绿。

如果这辆车上的所有人都这么想，也许红灯会立刻变绿吧。

在另一个方向上，另一些人在祈祷他们一边的绿灯持续不断。

两个方向上的人都试图影响路灯，想拥有更多对自己有利的绿色时间。

红灯还是绿灯？取决于两个方向的人数，以及他们愿望的迫切程度。

生命形式符号

我看到最夸张的尸体，是水泥地上的一只灰老鼠。这只老鼠不仅风干了，还被车轮反复碾压，形成一厘米厚的片状物。

水泥地的灰色让它的存在看起来十分含蓄。这样的老鼠，已不再会令人感到恶心，反而值得一看。

当然我不会企图把它夹在书里，虽然它像个书签。

它是轻盈的，可以飞起来，就像代表生命的纯粹符号。

只有贫乏之地才需要语言

旧货店摆着天使与骑士像，水晶球、铁皮玩具与绒布首饰盒；

植物店摆放大叶、小叶以及蕨类植物，需要经常浇水的和不太用水的花草；

旧书店塞满带着痕迹、散发味道的书，存储了各国词语；

市场的肉与蔬菜、点心，个性是他们的色彩、形状、名字以及保质期。

进入展览大厅，红色墙壁挂了若干金色镜框，裸体和幻想画一直排列到天花板。

一切物品都在热烈地自我表达。彩色、声音和味道都体现着生活的有趣之处。我喜欢热闹的聚集场面，我避免动用语言描述他们。

只有贫乏之地才需要语言填充。

我爱一切浓密且假

电视剧里情绪极端，广告片中的情节步步为营，小视频的笑点如此密集。自从有了 AKB48 这样规模的少女团队，再出现四五个人集体亮相，都觉着太少。媒体的万花筒里总变出新花样，如此反衬了人生的寡淡。我的快乐或悲伤都缺背景音乐，单一视角，没有切换镜头，高潮场面缺少铺垫。在生活的剧情中，我的搭档和我本人演技都差强人意。

我爱一切浓密且假。

我选择浓缩果汁，可稀释几十倍的水。我吃惯了化学药粉调制的重口味浓汤，真材实料在嘴里反而太寡淡，跟假的相比，真的反而显得太假了。

避免想不到愿望的尴尬

我记得一段漫画情节。野心勃勃的一伙人，企图收集全部七颗龙珠，他们的最终目标是征服全世界。

有一次，团伙老大的跟随者忍不住询问：请问老大，征服了世界之后，您第一件事要做什么呢？

老大想了半天，也许没想到什么好的答案，只好搪塞着宣布：天机不可泄露。

这正是我不再进庙烧香的原因——

如此避免了面对神仙祈祷时想不出合适愿望的尴尬。

他们拒绝被抚摸

无论人或物，当他们放弃了与灰尘的斗争，都获得了最终的安宁。

灰尘覆盖，均匀得恰如其分。

旧屋子里的老东西堆在一起。每一件物品都拥有一段故事，但他们最终被废弃了。灰尘让人们变得神秘，直到样子变得模糊，但十分安宁。

这些遗留下来的人和物，都拒绝被抚摸，灰尘是他们的保护层，也是一种荣誉。

文艺批评

当我吃下埋在饭里的虫子，并未察觉，而旁边的人告诉了我……

我该痛恨那只虫子？还是该痛恨告诉我“这件事”的人？

泡泡和烟

小孩吐泡泡，吹出一个又一个，肥皂泡升起来，有大有小；男人抽烟、吐烟，动作潇洒，烟圈飘荡，也在升起之中扩散。大人和孩子们都在表演无中生有，在空中进行魔力造物。泡泡是膨胀了的空心，在阳光里沾染蓝天和绿树的颜色。

吹出的烟朦胧而黏稠。说不出口的话让景色迷茫，而吐出口的烟是忧郁的。

漂游所感

驾独木舟的年轻人，掉进冰冷的水中。大家距离落水者太远，无法救他，只能看着他为对抗水流冲击，拼命划动。这人仅挣扎了几分钟。死后，他被吸进旋涡中，仅过了几秒，他在下游浮出来。奋力抵抗却徒劳无功，水流却立刻让身体浮了起来。

听了彼得·圣吉的小故事。我在构思，如果我放弃抵抗，顺流而下，也许还可保住性命。

主动的挣扎行为可能会让事情变得更糟，杀死我的也许正是主动的抵抗行为。这也是我在海上漂游时所想，爱伦·坡也曾写过坠入旋涡的快乐。这些快乐的哲理，成了我自我放任的主要借口。

看起来很真

雾气散去，世界正在展开它的色彩和细节。

世界正在变得清晰，问题是：我是否需要这种清晰度？也许人们受不了高清晰度带来的毛孔以及皱纹的真实性，也许受不了过多细节引发的密集观感。或者，清晰之下，真相是否藏得更深？如今，真相更像一种风格，一种看起来“如同真相”的真相。

人们相信一件事情变得越来越难。就如弗吉尼亚·伍尔夫所言：现代人的问题是不再相信。如果当人们不再相信，就不存在真相。

或者说，现在我们只认同一种“看起来很真”的风格。

马赛克之下的世界缺乏本质

一切马赛克都预示着特殊的、被删除的“存在”。哪怕空空处，添加了马赛克，就变了“有”。好比添加了马赛克的世界名画，有机会演变为淫秽之物。

马赛克用这一小片的“不可见”，引发近乎无限的潜在“视野”。遮盖的位置，背后有着观众幻想的填充，也正是观看者的期待。当年某小说因“此处删去多少字”增进了销量，后来当作者声称从来没有写过被删除的文字，读者却愤怒了，读者坚信幻想不可欺骗，相信马赛克的神圣性。

空旷的世界太无趣，被遮蔽物因自我繁殖，而产生了吸引力。这恰恰是个很好的比喻。“窥视”比“澄明”要有趣。“若有若无”，超过了全有、全无。

没有马赛克的世界是缺乏动力和快感的。但这样的说法缺乏说服力。人们倾向于相信存在“本真”，因此竭尽全力去干掉遮蔽。

人们争着去掉马赛克。如同人们争取权利，修炼者旨在去掉屏障，直面本真，争着掀开那块帘子布。可是，果真拿掉了马赛克，又后悔看到了丑陋或虚空。即便去掉马赛克，看到了美，剩下也是无聊的。

马赛克说明了这世界缺乏本质，有的只是幻想的残余。

对镜子中的副本感到惴惴不安

爱丽丝通过镜子穿越到另一个王国。爱丽丝说：这是平行宇宙的问题。

在黔南地区，人们禁止夜里照镜子。老人们说：晚上照镜子会遇见老虎。而按照中国北方的说法，在午夜时分，一旦反穿衣服和鞋照镜子，就能见到自己的前世。

欧洲中世纪的人相信：镜子犹如磁铁，具有极大的吸附力，能够吸引并堆积有毒物质。贾瑞在镜子的另一侧看到了性感和死亡，他的魂魄和精力就被这样吸走了。法国有一面魔镜，边框上写有“路易斯·阿尔泼1743”字样，照镜子的人会脑出血而死。俄罗斯人则认为，古老的镜中暗藏着蓄积数百年的能量。

在巫术中，镜子里的不仅是影子，更有照镜者的魂魄。攻击影子有可能伤害到本体。长时间照镜子存在魂魄逃逸的风险。纳西索斯迷恋自己镜像，他死在湖边。

镜子是一种让我不安的事物。我认为它是个通道，我对镜子中的副本感到惴惴不安，我怕他比我更真。我也担心穿过镜子的爱丽丝。

永恒的曲线

我在墙上挂过一张图片，图中包含若干屁股和若干桃子。

我们讨论哪个是屁股，哪个是桃子。我们整个下午都在激烈争论。这些图片有时看起来就像个骗局，根本没有桃子，全是屁股；或者我们得出了完全相反的结论：全都是桃子，没有屁股。

屁股和桃子，看起来差不多。自然界暗藏玄机，完美的屁股都具有类似桃子的曲线；而好的桃子呢，就像屁股那样诱人。

纯粹几何图形构成的宇宙：角度、形状，开始、结尾，高尚、低俗，离散或缠绕……看起来差异巨大的各种物质，都只是曲线变化的衍生品。

最终，曲线是永恒的。似是而非的猜测，则成了我们闲聊的最大公约数。

人类知识的总体比喻

夜晚的星星渐渐隐没于灰色天空，而屏幕里的星星亮度越来越高，个头儿越来越大，颜色越来越艳丽。

架在外太空的哈勃望远镜，拍到某星云的诞生，或超新星爆炸；机器车在火星上发回全景图片；人类测量猎户座星星与地球的距离；有人还把月球的土地分成若干单元销售，赚了百万美元。

古代人相信星星全在球面上。星星的移动不但影响人类命运，还预示着生活的真理。现在宇宙变大了，大到跟人类没有任何关系，镜头把星星变成更好看的图像。具体的星星摧毁了人的想象力。

当我谈论星星。他们比以前更真实，但如今他们平淡无奇了。当然，越来越具体的星星，也意味着人类知识的总体比喻，释放出新的细节，却再也不足为奇。

每一顿饭的运行规律

我练习烹饪，是为了熟悉世界的运行规律。

首先，我要掌握材料。了解各种肉、鱼、蔬菜、调料的特性。烹饪还需要超越材料，熟悉所有材料叠加之后的效果。一种新味道的出现，甚至不需要发明新材料，只要删减或增加，就得到了新的排列组合。

其次，我得明白：菜肴乃是烹调时间与顺序的结果。多几秒，少几秒，先放盐，还是先放醋，得到的结果大相径庭。

这世界的秘密也在于此：本质不是原材料的叠

加，本质乃是原材料的组合方式以及过程。

最后，烹饪对我来说是一种治疗手段。

我得克服焦躁。急火不见得出来好味道。太慢的火，让食物失去了色泽和香味，蜕变成混合的渣滓。

由于以分享为目的，烹饪的人要从偏狭的自我中走出去，体验和判断饮食者的感受，试着找到微妙的平衡。我学习烹饪，并以此反省自以为是。

远离自己的名字

有人收集物体，有人收集名字。物体正在变成名字，名字同时变成了物体。

忽然，名字与物体貌合神离，或者神合貌离。

如同帕斯写的：东西匆匆远离自身的名字。

遗弃的速度在加快，物体和名字都被迅速遗弃。

拾荒者有福了。我要去找一些物体，我要为他们配上名字。

什么都没有?

看，我的铁盒上画了烟斗。你以为盒里装了烟斗吗?

不，盒子的说明书上写着：这是一盒饼干。

你以为饼干盒装了饼干？不，盒子里只有一张纸。

你以为纸上写了什么？不，纸上没有任何痕迹。

你以为纸上什么都没写吗?

不，纸上有的，只是你看不见而已。

如果词语是一块石头

圆石头来自河流，他们被冲刷，最终拥有了完美的圆角。

圆石头用来砌房子或铺路。我坐在这些石头上心生敬畏，因为经过了几万年流水冲刷的石头，不是随便的石头。

“一个字一旦被写下来，”苏格拉底说，“它就会四处滚动，态度冷漠地来到理解它的人中间和与它绝不相关的人中间。它并不知该给谁看，不该给谁看。”

词语滚动的姿态，就像一块石头。或者，刚砍下来的白色头颅。

第七辑　有人笑，有人哭

所以我们说话

我们见面，我们说很多话。

废话，试探的话，重要的话，饱含感情的话，或者没话找话。

忽然，两个人，彼此的声音都黯淡下去。

总有别的声音浮出水面。

从树林，

从水壶，

从唱机，

或从别的房间。

狗叫、鸣响、吆喝、风过树梢。

那……正是走神的好时候。

说话时，句子就像蜻蜓，在房间里飞来飞去。

有时候停住了。

但他们是活的，并不是标本。

我不相信标本。为了让蜻蜓飞起来，所以我们说话。

顾左右而言他

我讲到一些事情。

对方点头，说：哦，我懂了。我说：好的。

我们的对话最好到此为止，我并不希望听到对方究竟懂了什么，如此可以保持默契。

交谈的人们之间存在一团明快而模糊的东西。

每当有人追问我这件事情的究竟。我要学古人的腔调，顾左右而言他，要他看穿越云层的明月，或者讲一讲给混沌开窍的倏与忽，说说这两人的事迹。

一起看照片的下午

乘坐公共汽车，男人掏出小相机拍下途中一闪而过的风景。

女人泡了一杯苦丁茶，用价值六十元的德国放大镜观赏男人新拍摄的黑白底片，发现一根白头发的细节。

缺乏睡眠的男人站在一边，看起来有些憔悴，他摆弄一把痒痒挠，就像握着一把宝剑。喝了一口热茶，皱褶的脸上暗潮汹涌。看照片的下午，男人提到了北戴河的一个黄昏，那也是一闪而过风景之中最重要的一种。

心安理得地入土为安

去医院看病人，男人特地挑选了一束红色康乃馨，配了白色满天星。

病人很喜欢这些花，还抱着它们拍了照。

忽然来了个女人，她一本正经地说：病房里，不能放花束。

女人解释：这些花，好好长着，忽然被人割断茎部，忽然死了，就像被人暗杀了。

她继续说：看着它们还很好看，可是它们已经有毒了。

谁都没有说话。

那些花不适合放在病房了，男人并不想反驳什么。男人将它们带回家，小心翼翼地放在瓶子里。

男人仔细端详着，它们还很新鲜，花瓣上点缀着水珠儿，还有配有金色丝带。

不过，它们是尸体了，绽放的花朵如同流血的头颅，打扮整齐的模样令男人想到精心整理后的遗容。

男人仿佛看到了花朵不堪的样子，心安理得地将它们埋葬。

最后一次见到他

三人吃火锅，男人谈起一位叫阿米尔的美国人。去年夏天，在俱乐部里练英文，男人跟阿米尔讨论过独立音乐和电影。

男人喝了一点酒，讲着关于阿米尔的一些闲话。此时，一个侧面的阿米尔，面带微笑，刚好从三人面前的窗口经过。

随着男人的话题，谈到的阿米尔正好从窗子的右侧进入画面，然后从左侧走出画面。

一个真的阿米尔出现了，又消失了。

那也是他们最后一次见面。

纽约阁楼

晚上，我回到位于 40 街的小旅馆。十平方米的小房间里放了两张床，我遇到不一样的拼房室友。他们在此处只待一个晚上。无论遇见谁，我都愿意聊几句。有个来自西部的小伙子，脸颊红扑扑的，眼里闪着光。他来百老汇试演实验戏剧，盼着早日进入演艺圈的主流。

又住进来一位出差的胖大哥。他说：你运气很好，在百老汇街上买二手票没有被骗。在纽约，大部分人都会被骗。有人给你一张票，他走了，你看一看，以为占了便宜，结果是昨天的票。“听着，我可以把这些留给你。”他指的是他的临时财产——从街上捡来的一把破伞、一大卷手纸，还有未开盖的两桶矿泉水。

晚上我回房间，胖大哥已经离开，我喝了他留下的矿泉水。

我走出旅馆上街，看见人们行色匆匆，老鼠四处乱窜，或者横尸街头。谁也不管谁，也不会有人真正在意你。这才是旅行之中的惬意之处。

电梯操作员的生活

公寓楼的老电梯里坐着一位女操作员。

该操作员的工作是操作四个电钮。分别是关门、开门，以及一个“7”和一个“1”。

本来还有 2、3、4、5、6、8 可按，可是小区物业为了延长老电梯的寿命，关闭了其余的按钮。

有的乘客会尝试操作电梯，这位操作员眼疾手快，抢先挡住按键，对不知趣的乘客瞪上一眼。

操作员偷偷卖过《文学故事报》，每份 1 元，销量不佳。她有一部收音机，每天下午播放点歌节目或讨论妇女病的治疗信息。

两种孤独

男人结婚，一年后离了，他出现抑郁症征兆，夜里总有喘不上气的状况，大夫指出此为神经性因素。他有个症状相似的朋友，两人凑一起练习古典吉他演奏，度过了一段艰难的日子。

今日聚在小饭馆，男人给每个人斟满酒。举杯时类似于自言自语，男人说：“呃，我又打算结婚了。”又碰杯两次，这群人谈起两种孤独。

身边有人陪伴的孤独，或者没人陪伴的孤独，哪种更厉害一点呢？

酒过三巡，男人才肯透露自己的心思：

“两种孤独我都尝过……可是，身边没有人的那种，更难一些啊！”

一脚踏进水坑

两个男人从酒馆出来，喝得不多，两人走在夜路上。看步态，仍然晕着。

一个男人讲他怎样离了婚去恋爱。另一个问：热恋的感受如何？

男人回答：我觉得啊，爱情就是想把心掏出来给对方看……爱情其实很痛苦啊。待在一起很绝望，唯一值得做的事情就是去死……爱情就是我们上辈子就认识。这辈子想在一起，下辈子也想在一起。

另一个男人：那不就是梁祝吗？

两人在夜里摇摇晃晃地往前走着，热恋的男人刚要详细解说其中的甘苦，却一脚踏进了水坑，溅起三股黑泥水。

老人的忧郁

“我的姑娘被院子里的一只大黄狗追，结果被追成了流产。”

老太太给她的母鸡起名叫姑娘。她守在母鸡旁边，姑娘受了惊吓，在家里抱窝。

老人太告诉我，她给门口的一棵大树下毒，因为一些树叶挡了她的阳光。

“你毒死树了没有？”我问她。

“死了一半，”她说，“全死了也不行，夏天，热！”

老太太摇了摇头，叹了一口气。

她此时还不知道姑娘的命运：再过半个月，被她儿子杀了，炖成一锅姑娘鸡汤。

不笑的表情适合出现在灵堂

女人多年神志不清，现在忽然清醒过来，记起自己已经八十五岁了。女人从床上爬起来，穿大红衣裳，准确叫出了十五位访客的名字，并分别嘱咐他们吃糖。

女人用含混的胶东口音回忆几十年前的一些细节，她的家人面面相觑。回忆内容太过确切，她的女儿拒绝与她合影。

女人对着镜头笑得前仰后合，展开了全部皱纹。之后她陷入沉思，目光闪动着，仿佛一块儿风干了的木头。

女人的儿子趁此时机为女人拍照。亲戚们认为：此时的严肃表情，才适合挂在灵堂上。

嘴巴吐出最后一个泡

女人对鲤鱼说：没办法，你就是给我们吃的！过年了，不吃你吃谁呢？对不起了……

女人一边念叨，一边挥起菜刀，拍死了活蹦乱跳的肥鲤鱼。

起先她还盘算着，要不要先用白酒将鱼的神经麻醉，最后还是决定直接动菜刀。

那条鱼顽强地瞪着眼睛，被掏了心肝，嘴巴还在翕动。

我只看了一会儿，鱼嘴巴吐出了最后一个泡。

他的遗言只有一个字。

什么也不怕的小鸟

在真武庙门前闲坐，女人提起童年时的一只绿色小鸟。

表哥爬树掏鸟窝抓了刚生下来的小鸟。女人喂了，小鸟就把她当成至亲。早上放飞，晚上还会回家休息。小鸟认错门，飞到隔壁，邻居也会捧着送回来。

夏天，女人一家去其他城市度假，他们将小鸟装在盒里，一起乘坐火车。

到亲戚家，不敢放小鸟出去，就放地上，扔吃的给鸟吃。表弟不小心，一抬脚，小鸟变成了绿色的小尸体。

“如果学会怕人，小鸟也就会躲开的。”女人总结。小鸟不怕人，什么也不怕，可是它会死于纯真。

人总会拍摄云彩和花朵

我的高中语文老师前几天离世了。上学的时候，我对他没什么好印象，也不愿跟他多说一句话。

因为他始终大嗓门，铿锵有力地教导我们使用四步作文法，还推崇各种品味很差的散文。对一些作家的观点不容置疑，我最讨厌不容置疑。

毕业后，我见过他一次。他给同学们看他第一次乘坐飞机，透过舷窗拍摄的一大堆云彩照片，表情就跟他推荐散文的时候一模一样。

近几年在微信群里，他每天分享单反相机拍摄的花卉照片，以及新写的一大堆文章。几乎没人有反应，没人说好，也没人说坏。可他仍然每天分享。微信群几乎只有他自己在发言。

他离世之前，还告诉大家自己胃出血，快好了。实际上他肺癌晚期。家里人瞒着他。

他始终不知道自己不行了。

我认为，一个人无论活成什么样，都有权知道自己快死了。至少还可以处理一辈子之中拍摄的云彩和花朵。

现在，我忽然觉得他活得不错。一个有自知之明的人，大概都会有点苦闷吧。而他没有，他的苦闷大概率来自别的地方。

无论如何，人总会苦闷，人总会拍摄云彩和花朵，人也总会死亡。

这两个人的笑声

两个女人从银行提款机隔间里走出来。

高个子对矮个子说："看看吧，刚取出的钱，还热着呢！"

矮个子用指尖碰一下钞票，点点头。

高个子愉快地宣布："我最喜欢听提款机数钱的声音了！吐钞票之前——轰隆隆……隆隆隆……"

"吐一百块——是这声儿！吐一千块——还是这声儿！轰隆隆，隆隆隆……"

他们面前的提款机轰隆隆地响，一百块用来买一些好吃的零食。两个女人十分快乐，这是一种有钱人的快乐。

不轻易评判他人

有个青年在外国，花着家里的几个亿存款。该青年的大学一年级重复念了四年，直到没什么可玩的。他的全部使命是花钱，家里存款却没怎么减少。

这个故事有点乏味？是的。那么我们讲一讲他的特殊爱好：感到难过时，青年抬起胳膊，用打火机的火苗，点燃自己的腋毛，再凑近了，仔细闻一闻烧焦的味道。

你们看，任何人都会伤心，为了各种事情感到难过。

一个乏善可陈的富人也可以拥有十分特殊的爱好。因此不要轻易评判他人，人们要相互尊重。

死亡的气息

男人选酱肉时，会拿起一块肉，贴近鼻孔，此时，女人感到紧张，担心他的大鼻子会贴在肉上，女人猜测肉店的老板比她还要紧张。

男人问女人是否闻过蜡梅，女人点了点头，可是心中并无具体概念。女人说，还是茉莉比较好一点儿。男人说算命的说他适合在南方生活，女人说：那很好，推开门就可以闻到桂花香。

男人没能去成南方，他病重了。当两个人再次讨论味道时，男人严肃地告诉女人：他已经闻到了死亡的气息，味道是甜丝丝的。

酒后各自分散

两人喝了三杯酒，已是暮春时节。

女人说：小时候春游，大概跟现在去拍戏差不多。穿上好看的衣服，带着大包的吃喝……不过呢，小时候从不想那么多，回家就是累，睡醒之后又可以马上去玩了。

女人叹气，说：不知是不是自己老了，每次开心时都会同时担心。担心好时候会一去不返。话有说完的时候，玩儿也总有累的时候。但最后，有几个人会留下来呢？

“这叫酒后各自分散，”男人说，“为此刻干杯吧。”

又到春游时节，男人躺在草地上听歌想起女人。歌中唱道：

当天的心，欢欣，再也再也再也不见。

一切已失去，不可以再追。

男人想起，自十五年前干杯之后，就没再见过这女人了啊。

领子上的头皮屑

除了分享生活心得，女人还讲了这些年的经历：如何辗转来到北京，艰苦挣扎并证明自我。作为从家乡丛林里爬出来的人，女人拥有强大的生存能力，以及一种不管不顾的热情。

男女二人走到大门口，男人发现女人领子上有一片巨大的头皮屑。

男人学到的本领之一是理解事情的存在方式。无论对于西服领子上的头皮屑，还是溢于言表的热情，男人都提醒自己，保持审慎，尽量不去打扰。

如果视而不见，不提这块头皮屑，让它安静地待在领子上。对男人来说，这样再恰当不过。

缺乏内在的人

为了掩盖自己贫乏的内在，女人小心翼翼地规划外在生活。

她用五种味道的沐浴露来区分周一到周五的不同；她每天用酒精棉给手机消毒，据说这也是自我清洁的另一种比喻；大部分业余时间，她都在摆放各种物品，让它们恰当地分门别类。

女人走起路来像一架骷髅，笑起来让旁人想到聊斋人物。男女两人并没说什么亲密的话。男人的话往往说到一半。女人的可爱之处在于她从不刻意假装知道什么，女人的空无是坦诚而且勇敢的。况且内在的缺失，也有别的好处。比如，女人说：小心点儿，我能吸走你的灵魂。

这句威胁是可信的。这女人能完整装下灵魂的全部，毕竟她内在空空如也，有足够的存储空间。

大海深不可测

旁人放松时，很容易留在水面之上，可女人一旦放松，便会无休止向水底沉去。大概人们的身体密度不同，女人说。她吸气的时候，留在水面之上，呼气的时候，就有无限向下的趋势。

如此这般，女人沉入水底，悠闲地盘腿坐在游泳池底部，抬头仰望游泳的人们。如果在露天，可以透过水，看见折射入水中的阳光。

有人劝她去大海，可女人惧怕大海。

大海深不可测，一旦进入其中，怕不知要沉到哪里去了。

没人会看到她

女人躲在门后。没人会来找她，捉迷藏的游戏早结束了。女人躲进壁橱，见到睡觉的猫；躲在沙发下，摸了摸童年的皮鞋；女人躲在房顶上，面对满月；躲在窗帘后，装作屋中无人；女人穿上雪白的衣裳，躲藏于雪地；穿上黑色的衣裳，隐藏于人群。

女人坐在窗下，阳光令她消失于一侧。她望着街上的人，没人看到她。

一杯茶加了三次水

对着雾蒙蒙的西湖，一方桌上两杯茶。男人提起值得纪念的一年。

那年的最后一天，站在冬天的风里等出租车。后来，坐副驾驶的是个女人。

一杯茶加了三次水，描述当天的行程，他俩谁也记不起女人究竟是谁。

茶喝到没了滋味，两人对面湖上的烟雾仍没有散。谈到意兴阑珊，女人是谁，他们还是想不起来。

难以预料的事

冬日晴天，两人走在郊区路上，还说说笑笑的。谁晓得再过些日子，并肩走路的两人会不会一言不合，相互视同仇敌？世界上的事谁说得清？

有一天，房子的窗台上放了两只旧灯泡，头对头，并排摆着，落满灰。失去功能的灯泡，不再发光，却融洽地相互陪伴着，反而相安无事。

这世界上的事，谁说得清？

世界上的薄情者

我遇到过薄情的人，也认得浓情的人。

薄情者胃口好。吃大口，不多嚼，消化快，吃八方，拉得多。

浓情者挑剔，太懂得好坏，总念叨去年嘴里嚼过的一口。

薄情者记性差。好坏记不住，也没多余的深刻眷恋。

薄情者烟消云散，浓情者烟雾缭绕。

薄情者长寿。嘴巴不留情，耳朵贯通，心不留痕。

浓情者，杀敌八千，自损一万。外表好好，内伤都淤在五脏六腑。

我遇到过薄情的人，也认得浓情的人。据我所知，一种人很难变成另一种。

大笑之后留下阴影

眼看坐在我对面的人，微笑尚未消失，失落却浮在表情之上。

好比小船驶入水雾，海浪退出海滩，都留下动荡的痕迹。

又好比焰火消散的夜空，天空黑暗，却叠印了盛大的幻影。

音乐刚停，人们的脚步不知所措，左顾右盼，不知如何是好。要叹气又没叹出来。

我看到你脸上悲哀的影子。此刻，枯与荣，两种迹象混合在一起。

哦，一个奇妙的时刻！

意志世界的映照

有人死了。在另外的角落，有人啜泣或大哭。

有人抱起刚出生的婴儿，而在别的地方，有人在拍手，欢呼，或大笑。

有人没了，有人哭……他们之间并不相关。

有人遇到好事，而刚好有人在笑，又有什么关系呢？

青蛙叫，喇叭响，把热茶倒出，一朵花跌落，两人接吻，一段钢琴曲……这一切都在同时发生。

翻开一张牌，转身的一张面孔，火焰与河流，同时的声音与图景，聚集瓦解，并不相通，他们都是意志世界（world of will）的映照。

银勺子接住闪光

“生活里百分之九十九的话都没意义，而且一点儿用都没有……你要了解一下废话的秘密。”男人说。

“人总在说废话吗？……那你告诉我，如何判断有用和没用？”女人问。她拨弄银色小勺，在茶杯沿儿上滑动，发出一串清脆的响动。

“任何聊天都有可能是废话，除非……”男人拿起女人手上的银勺，探测阳光的方向，“除非它出现在合适的地方。”

男人找到一个角度，银勺刚好接住了来自窗口的闪光。

第八辑　在宇宙中自由飘荡

在斑驳的闪光中

散步时，斑驳的反光将水波混于一处，令我凝神观看。

想到十几年前，我们一家人去爬一座不太高的山，刚好可以望见远方的落日和湖水。记起某次在圆明园湖边，某次去南方水库的旅行，在英国湖区水边，或雨后门口的小水坑。

意念中的水波反光，由亿万亮面、暗面组成了意外的图案，闪动、细碎的水花几乎是永恒之物，纤细的震动连接着时间某处。

眼前这一弯水，倒映着枯枝，像一弯眼睛，盛满了世界的结构。

一切正扑面而来

纸屑、沙土、灰尘、面包渣、草、水花、噪音、细菌、泡沫、纪念品……所有小颗粒组成了小世界，在傍晚，凝聚了观念和物质的球体正在缓慢扩大。

暗物质的风，推动了它。

十分之七圆的红月亮，是小世界的象征。

风继续吹

你说风很大，可我觉着风吹得恰到好处。

风中小黑狗的尾巴，流浪汉的白胡子，抖动的蓝旗，飞上树的塑料袋，水边亲吻的情侣，组成风中的波动世界。

我在这世界之中，又漂浮在世界的水面上。

你说的话，我听不清，似乎你在抱怨风大。

风吹着，我听你的说话，总漏掉一个词。

风吹走的词有可能十分重要，也可能无关紧要。

我脸上沟壑的意义

说起衰老，时间不可逆转地留下痕迹，比如我脖子上的皱褶。

一个人流下的泪水无法回到眼眶之中。世界的混乱不可逆转，熵的增加不可逆转。

持续燃烧的事情有很多，比如山上燃烧的一堆火，或想象中燃烧的太阳。

是什么让一切运转？什么让山升起来，水流下去？

宏大的宇宙，燃烧，流淌……逐渐积累的熵，难道这一切就是我脸上沟渠的意义？

平稳地处于宇宙中心

我怀念一个相信的年代。例如，人们坚信地心说的过去。

彼时大地一动不动，太阳在第四条轨道上，围绕地球运行。

看起来安宁的人，都带着某种愚昧气息。他们心中自豪，表情谦逊。

说起来，直到今天，你笑容中的幸福大概源自一个荒谬的观念——

你和我似乎认为：我们正处于宇宙中心。

好日子不该永存

有人给我讲他量子世界的构思。在他的量子世界中，人们得到了真正的永生。

我说，我不想要永生。你这个量子世界，听起来十分无聊。

“你不是很热爱生活吗？”量子世界的构想者认为，一切人都理所当然地追求永生，不想永生的人是不可思议的。

我热爱生活，以至于好的生活不该永远存在下去。所以我说：一再重复的美好，简直是一种酷刑。

与膨胀的世界对抗

我将人与人之间互相的疏远归结于宇宙大爆炸之后愈演愈烈的膨胀趋势。

人与人的交往越来越少，直到我的通信工具变得形同虚设。我一度沦为孤岛。

宇宙大爆炸时刻，世界从一个点开始。如今，按着时间箭头的方向，世界在向外膨胀，无论地球还是银河系，都在不断远离着宇宙的中心。

我在地球上，我要跟膨胀的世界对抗到底。

为了反抗宇宙膨胀，我拨通一个电话。我拨出的请求，是我发出的一次波动。

沉默着容纳一切

在黑洞周围，存在一个无法侦测的世界，一束光消失于某个临界点。黑洞中心有个密度趋近于无限的奇点。约翰·惠勒在自传中写道：

> 黑洞告诉我们，空间可以像纸一样被揉成一个无穷小的点，时间可以像火焰一样被熄灭。

黑洞的前身是质量巨大的恒星。在核聚变反应的燃料耗尽后，引力坍缩而形成了黑洞。所以，如果不曾巨大明亮，就称不上后来成了黑洞。

一件巨大的黑斗篷控制了光的逃逸。犹如被封闭的伟大自我，或者不可见的终极艺术品强大保存在内部，静默而且无穷小。

沉默容纳一切的黑洞。某个伟大意志的存在，也不过如此吧。

大于 4.22 光年

恒星表面温度 10000 摄氏度、20000 摄氏度，有的温度甚至更高。

观看一颗星燃烧这件事儿，还是离远一点比较好。

除太阳之外，离我们最近的恒星，是半人马座比邻星。

我查了一下，比邻星在 4.22 光年之外。

说到距离产生美，合适审美的距离应该大于 4.22 光年。

死星之光

在爆炸之前，恒星发出的最后一束光，脱离了母体。光束穿越星云，穿越以太，穿过大气层，走了一亿年之久。

一束光，携带着一亿年前的遗言，终于触碰了偶然打开的视网膜。

死星之光，令一双悲伤的眼睛变得明亮。

今古长如白练飞

瀑布遍布世界，并不鲜见。大瀑布有大的可观之处。比如尼亚加拉大瀑布，轰鸣声远播数十里，“浩浩自太古，洋洋灌百川”。在瀑布下行走，犹如进入永恒的大雨。

小瀑布也有小的趣味。不知名山中的小瀑布，从山涧中蓬勃而出。“山上流泉自作溪”，“飞泉溅石落寒岩”，轻盈灵秀。

瀑布的强弱感受，标准要归于观看者的主观判断。精神敏感者，听闻窸窸窣窣的水流，就如临大水，声声砸在心上。精神雄壮者，纵然水汽蒙面，水雾笼罩，也仍然在反思银河落九天的因缘。

传说的花果山水帘洞，或者五老峰上被水流冲刷的修炼者，修炼之成果未尝可知。

在瀑布边观看，亦可静心，明心见性。“谁来卧枕莓苔石，一洗尘心万斛泥。”

流水倾泻之中，变化无穷；若凝神于变化，连绵之水又仿佛停滞了。“惚兮恍兮，其中有象；恍兮惚兮，其中有物。”永不停歇的流动，亦凝固为静态的一瞬。瀑布似动不动，引起生命变化的遐想。

环顾林间，石头、木头看起来不动，却一直变化着。看瀑布的人凝神不动，也一直在变动。呼吸，心跳，长出毛发，更新细胞。

挂在眼前的奔流之景，如外化的人心，水雾受到自然伟力推动，不停歇。

在瀑布轰鸣中，我在时间的洪流之中上升、下坠，终于忘了自己。

轻于空气的内心

“似花还似非花”，杨柳絮是花，也是种子。他们轻于空气，轻于声音，他们太轻了，以至于我很难捕捉他们。每次抬手形成的气流足以将飞絮赶走，捕捉的动作越急迫，产生的气流越大，杨柳絮逃跑的速率也就越快。他们逃跑的矫健胜过了有生命的飞虫。

杨柳絮通常悬浮在四月的空气中，某天遍布城市的每个角落，又在某天悄然消失。杨柳絮无边无际，如烟似雾，却不会在空中彼此碰撞；他们从四面八方悠然而至，仿佛令人逃脱不掉的迷阵。在逆光中显露自己，在阳光或明亮的背景下藏匿，随着风来到任何地方。

有多少杨柳絮有机会落地生根不得而知，也许他们落在了房檐上、落在草木间、落在旅人的肩膀上……下一阵风又令他们再次起飞，飞絮轻盈而柔弱，在气流中沉浮，最后不知去向。

杨柳絮是花，也是种子，他们轻于空气，轻于声音，如此轻，却保留了成为一棵树的全部可能。

倒影的诱惑

水中倒影，随时静止，随时波动，这一刻出现，下一刻消失……在世界上，很难找到一个比倒影更脆弱、易变的比喻了。

倒影的形态与色彩转瞬即逝。一个倒影与另一个相互交接、融合，在一波一波的流动中支离破碎，散落成为最微小的斑点，互相折射、映照。日光的强弱、光线的移动、云层的厚度，风的速度、力度，水下生物的运动，一只鱼的浮沉、一只鸟的经过……一切微小的因素决定了倒影此时的形式。不同时刻的倒影都存在差异，它被其他投射、被影响、被毁灭。

倒影并不持久，无法触及。一切触及只能让它破损，它起始于光线，结束于幻想。

只有在最安静的日子，在森林深处，呼吸平稳之时，我才可能目睹一片宁静而清晰的倒影。然后，坠落的树叶打破了虚空。一个人或者物体，轻易即可获得自我映射，人们企图获得灵魂的暗示，有人最终进入一面湖水，合而为一，成为水仙。这是一个人臣服于倒影诱惑的宿命。

雪中的漫游者

我赞美雪的根源，在于雪的降临带来了和谐的视野。如同访客到来之前，主人用大白布遮盖了屋子里的杂乱无章。

大雪将一切零散色相归于统一的白，跳跃的杂乱色块止于肃穆，平静而严谨。在平整的外表之下，无论多少暗流涌动，也被统治性的力量笼罩，归纳为沉静。

雪的效果，并不存在“好”或者“坏”的道德判断。雪之下，身份与面孔趋于一致。无论好或坏，美景或垃圾，都被同等对待，在同一时间被掩盖。

雪后的世界，明度大幅度提升，居中的灰色被去除了，可见世界被重新规划，被简化、省略。雪营造了纯洁幻象。开始的开始：冰清玉洁、美丑、真伪，尚未分化。

我——雪中的漫游者，偶尔停下脚步，遥望人物悬浮于远方。

灰白天地包裹着行走其中的人。雪中的物与人，渐渐疏远了。他们如同行在虚空之上，走向宇宙的边缘。

COOL 的诞生

从强忍着眼泪，到啜泣，再到纵情大哭，流泪掏干了我积蓄已久的能量，直到大脑一片空白，我忘了哭的原因。我平静了，终于看见明亮世界的最初景象。

这一刻如同小号吹出的滑音，曲折变化的光斑，放大、缩小。声光反射回响，在神经网络中炸开。

在深夜或者早晨，我的灵魂出窍，俯视我眼中的空白图画。世界忽然暂停，我开始注意到周围的时间与空间。

我停在重归宁静的时刻。这就是 cool 的诞生。

将一切甩向边缘

海螺的螺旋，牵牛花的螺旋，水波中心的螺旋，龙卷风的螺旋，头发中央的螺旋，星系的螺旋……螺旋比例完美，自然构形，缓慢旋转。

此刻，随着洗衣机在运转，我的思想也在自转之中。

宇宙的大洗衣机，有条不紊地将其中的人与事甩向世间的边缘。

在宇宙中自由飘荡

旅行者号是第一个脱离太阳引力的人类装置。

1977 年发射并脱离了大气层，旅行者号在空间中独自旅行。木星光环给了他新的动力，土星的引力场把他甩得更远，他随身携带一张唱片，其中录有古尔德演奏巴赫的前奏曲。

旅行者号以平均每秒 5.6 万公里的速度远离太阳。在路上，他发现了天卫一上的冰海峡，天卫五上奇怪地形的拼凑物，以及海卫一上的巨大喷泉。

距离太阳 190 亿公里，旅行者与世界告别了。由炽热而活跃的粒子组成的太阳圈顶层啊，永别了！

旅行者已经进入远离太阳的黑暗而寒冷的空间，开始依靠放射性同位素热电机组驱动。2040 年燃料用完，他将会成为一具尸体。

未来将变成尸体的旅行者，化身为一只会唱歌儿的小鸟，哼着曲子，穿梭于陨石阵，在行星轨道间滑行。

即便燃料用完，旅行者也将在宇宙空间中自由飘荡。

我召唤无中生有

我写下一行字，赞美副食店里的糖果，油汪汪的烤鸡腿，赞美灯下排列整齐的馒头。我写另一行字，赞美灰墙上的眼睛，赞美窗前的茉莉，被秋风卷走的落叶；赞美压弯书架的旧书，旧书里存放的诗句，被遗忘的赠言，以及没结尾的故事。

我再起一行，赞美一条干净的街道，一座准点报时的大钟；赞美橱窗里的铃铛、骷髅与纸牌，站在电线上的麻雀，以及最早出现的星。

我有一支金色钢笔和一部蓝皮笔记本，我的一行字，在雪白的地上划开一条道路。

在拥挤的世界，存在着这么多无法简化的题目。
复杂物质，簇拥着的万有引力，将一切降落于此处。
我写下一行又一行，召唤着，无中生有。

万物与我

万物皆备于我。我的身上有远古的基因，我是万物的标本。

反过来说，同样恰当：万物之中都有我。路上的沙砾中有我，四季的草木中有我，他人的眼中有我，我在树叶上，我在苍蝇的翅膀上，我在星辰中。

万物构建了世界的形状，空出来的部分，就是我。流水冲刷出的痕迹，就是我。蓝色的月亮照亮了我的道路和幻想。

我编织万物的规则。我讲万物的故事，我编织他们的名字，为他们增加色彩。

我好奇，我冷漠，我确信，我恍惚，我寂寞，我快活，我充实，我空洞。我走动，我说话，我存在。

万物规定了我，我也召唤了万物。在所有时空，万物与我同在。

白纸上的字，关于万物，也关于我。

创作谈

> 生活是琐碎的，永远是琐碎的，但它居然把我的全部语言都吸附进去。
>
> ——罗兰·巴特

这本书最早的素材写于2004年，陆续写了十几年，选出一部分，编辑成书。

一开始，这个系列被命名为“瞬间”。我的本意是捕捉生活中有意味的时刻，将那一刻的经验、想法、幻想通过笔记写作的方式萃取出来，装进随身携带的小瓶子。

过了一段时间，我将标题改成了“短饮”。意思是：短时间喝的鸡尾酒。“短饮”调好之后需要快速喝完，一旦放久了，风味会有所减弱。多数的“短饮”较“长饮”烈些，饮后微醺，并不醉人。

这些小文章排列在一起，好像酒吧里的小杯试饮装，短小独立，浅尝辄止，每样一小份，但最好有所回味。这也是我写作的本意。

后来，写得越多，我越发现文章的主题难以概括。这个系列包含了地点、人物、动物、景观、物体、文字、幻想、梦境，宇宙星辰……我写了“我”的经验和幻想，也包括了“非我”的万物世界。从文体来讲，这些篇章的分类比较模糊，你可以当成诗歌、小说来读，也可以当成笔记、寓言来看。

有人问，不明白你，你为什么要写这些呢？

这个问题我回答不上。

我活着就要做一些事情。我看，听，闻，摸，咀嚼……除了吃喝拉撒之外，比如教书，旅行，闲聊，拍照……

在感官生活之外，一个人永远拥有内在的生活，回忆往事，或痴心妄想。

我只能说，写超短篇是我的一种生活方式，写作的过程整合了我的内在和外在活动，而本书文体模糊的写法也体现了我认知世界的基本观念。

我想，人与人之间难以深入沟通，所谓真正的交流，也许只有通过比喻才能抵达。

我谈论石英石、树林、镜子、城市街道、白瓷盖碗、老鼠尸体、苍蝇、云彩，我谈论这些的时候，在谈论什么呢？

我讲一个个小事情，描述各种意象，也是在“打比方”。听不懂的人，也许只会纠结于事情本身。懂得的人呢，自然心领神会。或者，我们之间的误解，也构成了新的理解。

我写过一篇，谈论文字与石头的关系：

我想到了一个句子，就像把手放进口袋里摸一些石头，

我不想把石头拿出来，我不需要再看石头一眼。最快乐的，莫过于将手放在口袋里摸来摸去。

在另一篇文章中，我提到了苏格拉底关于石头的比喻：

一个字一旦被写下来，它就会四处滚动，态度冷漠地来到理解它的人中间和与它绝不相关的人中间。它并不知该给谁看，不该给谁看。

这些小文章，其实也都像彩色小石头，我曾经把玩过他们。当他们脱离了我的口袋，我的语境，就开始自由滚动。

到最后，“最初的意图”似乎没那么重要了。

我收集过石头，也创造了石头，

我用石头搭建小世界，也把石头分享给你。

这是一本写不完的书。这是我与万物的小小切片。

如果你旅途中随便翻开一页，也许会有意想不到的发现。

王可越

2021 年 9 月

后 记

古人说的“读万卷书，行万里路”，是一种高标准、高品质的生活。对此生命的追求，真正实施者甚少。读书破万卷不容易，远行也是多有不便。时间走到了今天，旅途变得十分通畅，行万里路已经不是问题，读万卷书却仍不是件易事。这需要个人的自觉及社会的推动。而文字是一种释放，也是一种交流。作家的写作同样需要与读者互动。

漓江出版社顺应需要，提出了散文精品城际阅读，编辑系列名家丛书，以迎合扑面而来的旅途与信息相融的高铁时代。

谈起选题时，我们就谈到了“七”这个数字，它是“赤橙黄绿青蓝紫”的七，是“哆来咪发唆拉西”的七。让人联想到色彩的无限斑斓与乐曲的美妙变化。那么就定为七人吧，每一两年邀约七位活跃于当今文坛的作家，以构建可资阅读、珍藏、研究的厚重文库。

作家们欣然响应，很快传来了书稿，我们根据情况，组成不同年龄、不同性别、不同地域、不同风格的七人展。毋庸置疑，随着时间的推移，这个精品文丛将会显现出它茁壮的生命力。

由于疫情及其他缘由，这一辑稍有拖延，但我们仍然会看到欣喜的收获。

王剑冰

2020 年冬

王剑冰，著名散文家，我社《中国年度散文》《中国年度散文诗》主编，“旅伴文库·散文精品城际阅读”主编。

请记下你与日子的美好相遇

请记下你与日子的美好相遇

请记下你与日子的美好相遇

请记下你与日子的美好相遇

请记下你与日子的美好相遇

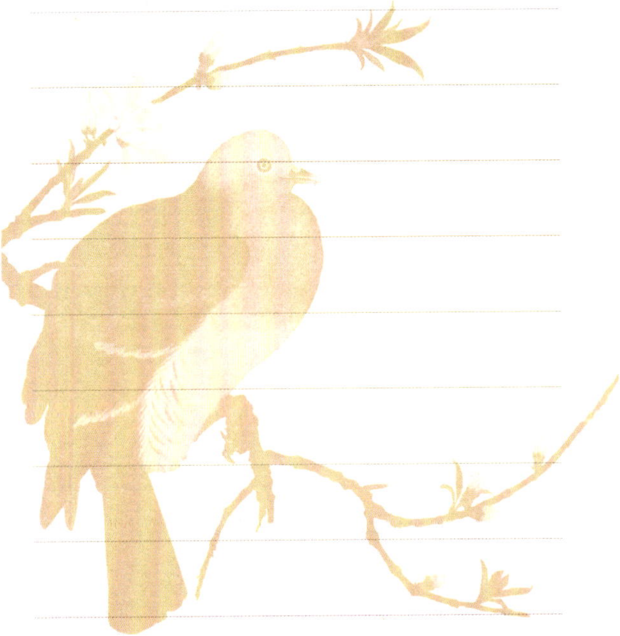

请记下你与日子的美好相遇

请记下你与日子的美好相遇

请记下你与日子的美好相遇

请记下你与日子的美好相遇

请记下你与日子的美好相遇

请记下你与日子的美好相遇

请记下你与日子的美好相遇

请记下你与日子的美好相遇

请记下你与日子的美好相遇

请记下你与日子的美好相遇

请记下你与日子的美好相遇